Passeport

MARVEL STUDIOS

TESTEZ-VOUS SUR L'UNIVERS CINÉMATOGRAPHIQUE MARVEL !

hachette
ÉDUCATION

MARVEL STUDIOS

Conception graphique : Anne Bordenave
Mise en page : Anne Bordenave
Édition : Adeline Pécout

ISBN : 978-2-01-726787-4

58 rue Jean Bleuzen, CS 70007,
92178 Vanves Cedex

www.parascolaire.hachette-education.com

Achevé d'imprimer en Mars 2025 en Espagne par Grafo - Dépôt légal : Mai 2025 - Édition 01

SOMMAIRE

IRON MAN | TONY STARK

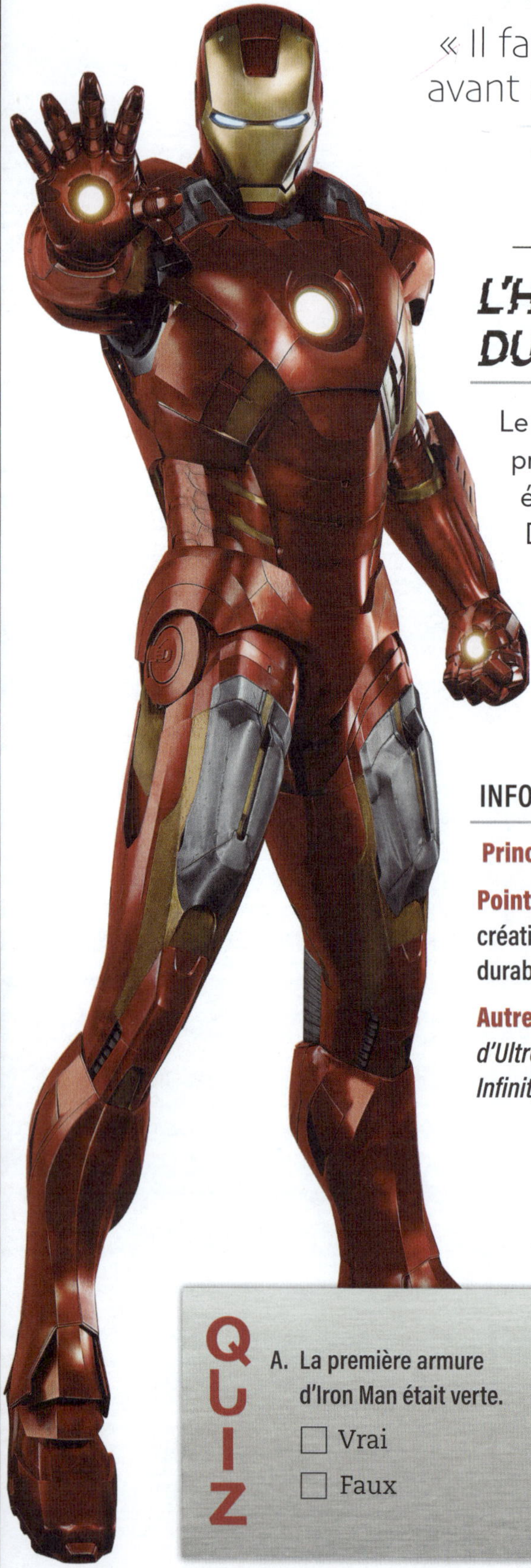

« Il faut parfois savoir courir avant de savoir marcher. »

TONY STARK dans *Iron Man 1*

L'HISTOIRE DU PERSONNAGE

Le milliardaire Tony Stark crée sa première armure métallique pour échapper au groupe terroriste des Dix Anneaux.

Membre fondateur des Avengers, il est toujours prêt à combattre les menaces qui pèsent sur l'Humanité.

INFOS

Principaux ennemis : Ultron, Thanos.

Points forts : génie scientifique, richesse, créativité ; avec l'armure d'Iron Man : vol, force, durabilité, missiles, rayons répulsifs.

Autres apparitions : *Avengers, Avengers : L'Ère d'Ultron, Captain America : Civil War, Avengers : Infinity War, Avengers : Endgame.*

QUIZ

A. La première armure d'Iron Man était verte.
- ☐ Vrai
- ☐ Faux

B. Ses parents se nomment Peter et Jasmine Stark.
- ☐ Vrai
- ☐ Faux

SORTIES

Iron Man
2008

Iron Man 2
2010

Iron Man 3
2013

1. FILMS 1 À 3

Cochez les bonnes réponses.

A. Quelle est la dernière réplique du film *Iron Man* (avant le générique de fin) ?

☐ « Je suis Iron Man. »

☐ « Unis pour la vie. »

B. Dans *Iron Man 2*, qu'est-ce que le père de Tony considérait comme sa plus belle création ?

☐ Un avion.

☐ Son fils Tony.

C. Dans *Iron Man 3*, où Tony suit-il la trace de Trevor Slattery ?

☐ À Miami.

☐ À New York.

LE SAVIEZ-VOUS ?

Tony est devenu le mentor de Peter Parker. En plus de donner au jeune homme des technologies et des costumes mis à jour, Tony lui prodigue de nombreux conseils sur la meilleure façon d'être un super-héros.

3. UN NOUVEAU NOM

Dans *Iron Man 3*, comment est renommé James « Rhodey » Rhodes avec sa nouvelle armure ?

☐ Iron Patriot.

☐ Iron Machine.

☐ Iron Héros.

2. AVEC LES VENGEURS

Cochez les bonnes réponses.

A. Qui rattrape Iron Man pendant la bataille de New York et le sauve d'une chute mortelle ?

☐ Thor

☐ Hulk

B. Dans *Infinity War*, que prévoient Pepper et Tony ?

☐ Leur mariage.

☐ D'avoir un enfant.

C. Quelle est la réponse de Tony à Thanos lorsque ce dernier lui dit : « Je suis inéluctable » ?

☐ « Non, tu ne l'es pas. »

☐ « Je suis Iron Man. »

Solutions p. 52

HULK | BRUCE BANNER

« Vous n'aimeriez pas me voir en colère. »

BRUCE BANNER dans *L'Incroyable Hulk*

L'HISTOIRE DU PERSONNAGE

Le scientifique Bruce Banner et Hulk ne font qu'un. L'expertise en matière de rayonnement gamma du premier et la force écrasante du second sont utiles aux Avengers. Au début, la puissance et la colère implacables de Hulk s'avèrent trop fortes pour l'équipe. Mais, avec le temps, Bruce unit les deux aspects de lui-même et finit par jouer un rôle clé dans l'inversion du Blip.

SORTIE

L'Incroyable Hulk
2008

INFOS

Principaux ennemis : Thaddeus Ross, Thanos.

Points forts : esprit scientifique, créativité, débrouillardise ; en tant que Hulk : force surhumaine, endurance, régénération, saut à longue distance, vitesse, agilité.

Autres apparitions : *Avengers*, *Avengers : L'Ère d'Ultron*, *Thor : Ragnarok*, *Avengers : Infinity War*, *Avengers : Endgame*, *She-Hulk : Avocate.*

QUIZ

A. Hulk peut éteindre un incendie en frappant dans ses mains.

- ☐ Vrai
- ☐ Faux

B. Quel est le nom de la pizzeria du vieil ami de Bruce ?

- ☐ Pizzeria de Stanley.
- ☐ Pizzeria de Antonio.

1. QUI EST-CE ?

Qui est sur cette image ?

- ☐ Emil Blonsky.
- ☐ Ultron.
- ☐ L'Abomination.
- ☐ Thaddeus Ross.

2. RESTER ZEN...

Complétez la phrase.

Bruce contrôle son rythme cardiaque et gère ses émotions grâce à : ....

....

....

3. À PROPOS DE BETTY

Répondez aux trois questions concernant Betty.

A. Qui est le père de Betty Ross ?

....

....

B. Quel est le métier de Betty ?

....

....

C. En sautant de l'hélicoptère pour affronter L'Abomination, Bruce...

- ☐ ...embrasse Betty.
- ☐ ...fait un clin d'œil à Betty.

4. QUI A DIT ?

Qui dit « Rééquilibrons le jeu ! » ?

- ☐ Bruce Banner.
- ☐ Emil Blonsky.

LE SAVIEZ-VOUS ?

Hulk claque des doigts avec le gantelet d'Infinité pour faire revenir toutes les victimes de Thanos.

5. POUR LES EXPERTS

Cochez les bonnes réponses.

A. Quel dictionnaire Bruce lit-il au début du film ?

- ☐ Un dictionnaire anglais-portugais.
- ☐ Un dictionnaire anglais-arabe.
- ☐ Un dictionnaire anglais-espagnol.

B. Quel objet est contaminé par le sang de Bruce Banner ?

- ☐ Une part de pizza.
- ☐ Une boîte de nourriture pour chien.
- ☐ Une bouteille de soda.

Solutions p. 52

THOR ODINSON

« Par la barbe d'Odin, si vous touchez à ma crinière, vous déclencherez la fureur du tout puissant Thor ! »

THOR dans *Ragnarok*

L'HISTOIRE DU PERSONNAGE

Thor est le fils aîné du roi et de la reine du royaume d'Asgard. Après un bref exil sur Terre, Thor rejoint les Avengers. À la mort de son père, Thor devient roi, bien que son monde soit détruit par le Ragnarok. Après la défaite de Thanos, Thor abandonne son trône à Valkyrie et se lance dans de nouvelles aventures. Il trouve l'épanouissement qu'il recherche en adoptant la fille de Gorr.

INFOS

Principaux ennemis : Loki, Hela, Thanos.

Points forts : force, agilité, quasi-invulnérabilité, peut invoquer la foudre, pouvoir du marteau Mjolnir et de la hache Stormbreaker.

Autres apparitions : *Avengers, Avengers : L'Ère d'Ultron, Avengers : Infinity War, Avengers : Endgame.*

QUIZ

A. Qui est le père de Thor ?
- ☐ Laufey.
- ☐ Odin.

B. Quelle jeune scientifique tombe amoureuse de Thor ?
- ☐ Darcy Lewis.
- ☐ Docteur Jane Foster.

SORTIES

Thor
2011

Thor : Le Monde des Ténèbres
2013

Thor : Ragnarok
2017

Thor : Love and Thunder
2022

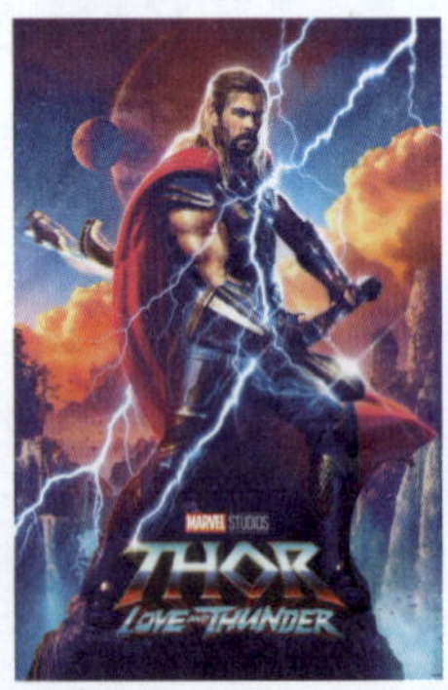

1. LA BELLE ÉQUIPE

Qui sont les trois guerriers qui accompagnent Thor au début de ses aventures ? Recomposez leur nom et retrouvez l'intrus.

FAN
DRAL
VOLS
HO
TAGG
DALL
HEIM
GUN

2. LE TROISIÈME FILM

LE SAVIEZ-VOUS ?

Le Collectionneur reçoit une pierre d'Infinité dans *Thor : Le Monde des Ténèbres*. Il s'agit de la pierre de Réalité.

Qui dit à propos de Jane :

« Elle n'a pas plus de raison d'être à Asgard qu'une chèvre n'a de raison d'assister à un banquet. »

....

LE SAVIEZ-VOUS ?

Thor noue un lien particulier avec Rocket des Gardiens de la Galaxie, ce dernier accompagnera Thor pour créer Stormbreaker afin de combattre Thanos.

3. DEVINETTES

À partir des trois indices, donnez le personnage correspondant.

A. Déesse, guerrière, sœur : ....

B. Asgardienne, Warsong, combattante : ....

4. LA BATAILLE D'INDIGARR

Que reçoit Thor en cadeau de la part du roi Yakan ?

- ☐ Un nouveau pouvoir.
- ☐ Deux chèvres géantes.
- ☐ Une couronne.

Solutions p. 53

LOKI

« L'amour est une dague. C'est une arme qu'on peut manier à bonne distance ou à bout portant. »

LOKI dans *Loki saison 1*

L'HISTOIRE DU PERSONNAGE

Après sa mort dans *Avengers : Infinity War*, Loki revient dans une chronologie divergente. Il saisit cette opportunité pour s'échapper de New York avec le Tesseract dans *Avengers : Endgame*.

Le Tribunal des Variations Anachroniques (TVA), supervisé par les Gardiens du Temps, envoie ses chasseurs pour le récupérer et déclare qu'il est un variant, numéro L1130.

Loki découvre rapidement que le TVA est bien plus qu'il n'y paraît. Sa quête pour découvrir la vraie nature des Gardiens du Temps bouleverse tout le TVA.

SORTIES

Loki saison 1
2021

Loki saison 2
2023

INFOS

Principaux ennemis : Sylvie, les Gardiens du Temps, la Juge Renslayer.

Points forts : magie d'illusion, longue vie, régénération rapide, tromperie.

QUIZ

A. Loki est le Dieu de :
- ☐ la bêtise.
- ☐ la malice.

B. Loki tue son père biologique.
- ☐ Vrai
- ☐ Faux

C. Il s'allie avec les Chitauri contre les Avengers.
- ☐ Vrai
- ☐ Faux

D. Dans *Avengers : Endgame*, Loki disparaît avec :
- ☐ le livre des Vishanti.
- ☐ le Tesseract.

1. DANS SA SÉRIE

Cochez les bonnes réponses.

A. Quel est le nom de la mascotte du Tribunal des Variations Anachroniques ?

- ☐ Miss Second.
- ☐ Chronoboy.
- ☐ Miss Minutes.

B. Sylvie est :

- ☐ sa sœur.
- ☐ un variant de Loki.

C. Lors de leur première rencontre, avec quelle arme Loki affronte-t-il Sylvie ?

- ☐ Une lance.
- ☐ Deux dagues.

3. UN BEAU CHÂTEAU

Comment se nomme l'habitant de la Citadelle à la fin des temps ?

- ☐ Celui qui Demeure.
- ☐ Celui qui Sait.

2. TOUS SES VARIANTS

Cochez les bonnes réponses.

A. Loki a un variant enfant.

- ☐ Vrai
- ☐ Faux

B. Quel variant se sacrifie pour détourner l'attention d'Alioth ?

- ☐ Le Loki alligator.
- ☐ Le Loki classique.

LE SAVIEZ-VOUS ?

Loki est le fils adoptif du roi Odin et de la reine Frigga d'Asgard. Son père biologique, le roi Laufey des Géants des Glaces, l'a abandonné alors qu'il était bébé.

4. VOYAGE VERS L'INFINI

Entourez la (ou les) bonne(s) réponse(s).

Dans la saison 2, qui Loki part-il rechercher dans le Multivers ?

SYLVIE **MOBIUS** **MISS MINUTES** **CHASSEUR B-15** **THOR** **LA JUGE RENSLAYER**

Solutions p. 53

Howard Stark, le père de Tony Stark, est membre de la Réserve scientifique stratégique (S.S.R.) et développe des équipements pour Captain America et les Commandos Hurlants. Après la Seconde Guerre mondiale, il est avec Peggy Carter à l'origine de la création du bureau du S.H.I.E.L.D.

LETTRE PAR LETTRE

Que signifie l'acronyme S.H.I.E.L.D. ?

S. ....
H. ....
I. ....
E. ....
L. ....
D. ....

NICK FURY

A. Nick Fury est le directeur du S.H.I.E.L.D.

- ☐ Vrai
- ☐ Faux

B. Il fonde :

- ☐ l'*Initiative Avengers.*
- ☐ la guilde des Avengers.

C. Où rassemble-t-il les Avengers pour la première fois ?

- ☐ Dans un restaurant de shawarma.
- ☐ Sur l'héliporteur du S.H.I.E.L.D.
- ☐ À la tour Stark.

D. À qui confie-t-il le Tesseract à la fin d'*Avengers* ?

- ☐ À Tony Stark.
- ☐ À Thor.
- ☐ À Captain America.

LE S.H.I.E.L.D. EN MOTS CROISÉS

Complétez la grille.

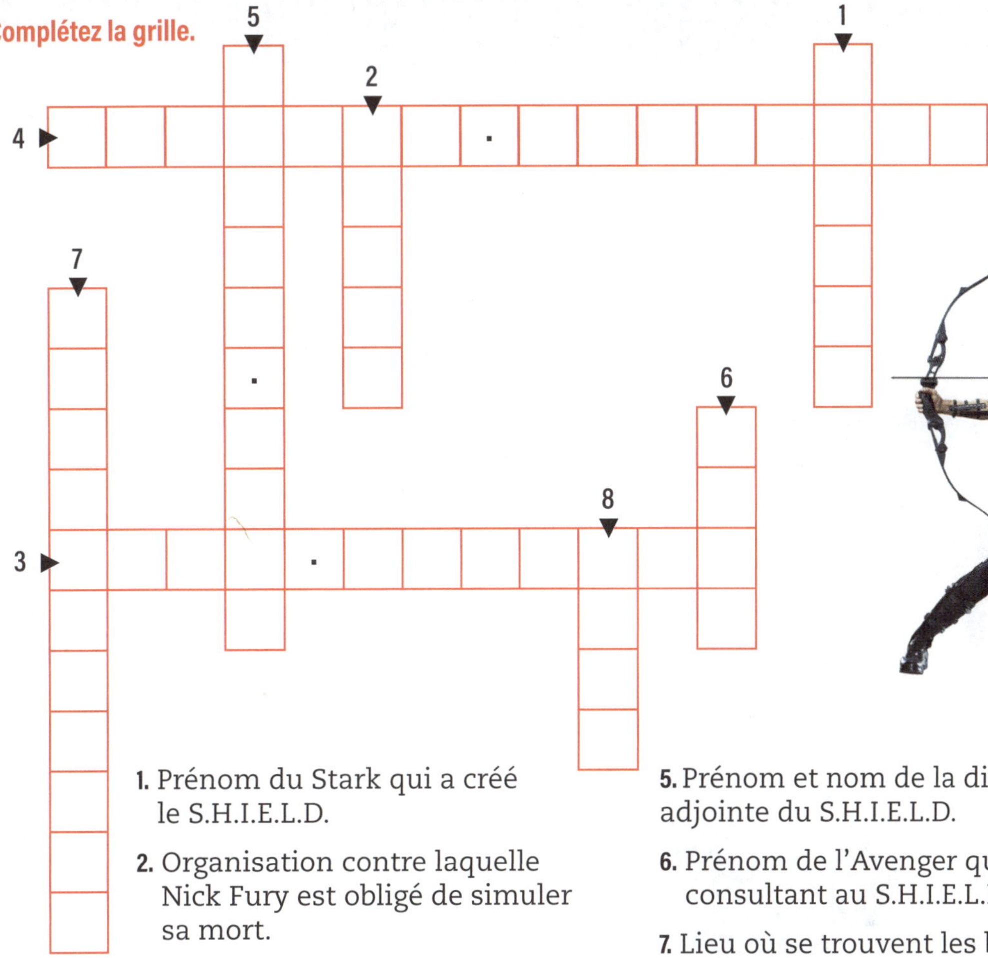

1. Prénom du Stark qui a créé le S.H.I.E.L.D.
2. Organisation contre laquelle Nick Fury est obligé de simuler sa mort.
3. Prénom et nom de celui qui collectionne les cartes vintage de Captain America.
4. Prénom et nom de celle qui est recrutée par Clint Barton.
5. Prénom et nom de la directrice adjointe du S.H.I.E.L.D.
6. Prénom de l'Avenger qui devient consultant au S.H.I.E.L.D.
7. Lieu où se trouvent les bureaux du S.H.I.E.L.D.
8. Chiffre du niveau d'accréditation de Phil Coulson au moment de la bataille de New York.

QUELLE COMBATTANTE ?

Qui tente d'empêcher Loki de s'échapper avec Hawkeye, le Docteur Selvig et le Tesseract du centre de recherche du S.H.I.E.L.D. ?

Maria Hill.

Black Widow.

QUEL AGENT ?

Qui meurt en essayant d'empêcher Loki de s'enfuir ?

Phil Coulson.

Captain America.

Solutions p. 54

CAPTAIN AMERICA | STEVE ROGERS

« Un homme fort qui a eu du pouvoir toute sa vie n'a plus de respect pour le pouvoir, mais un homme faible connaît la valeur de la force, et il connaît la compassion. »

DR. ABRAHAM ERSKINE dans *The First Avenger*

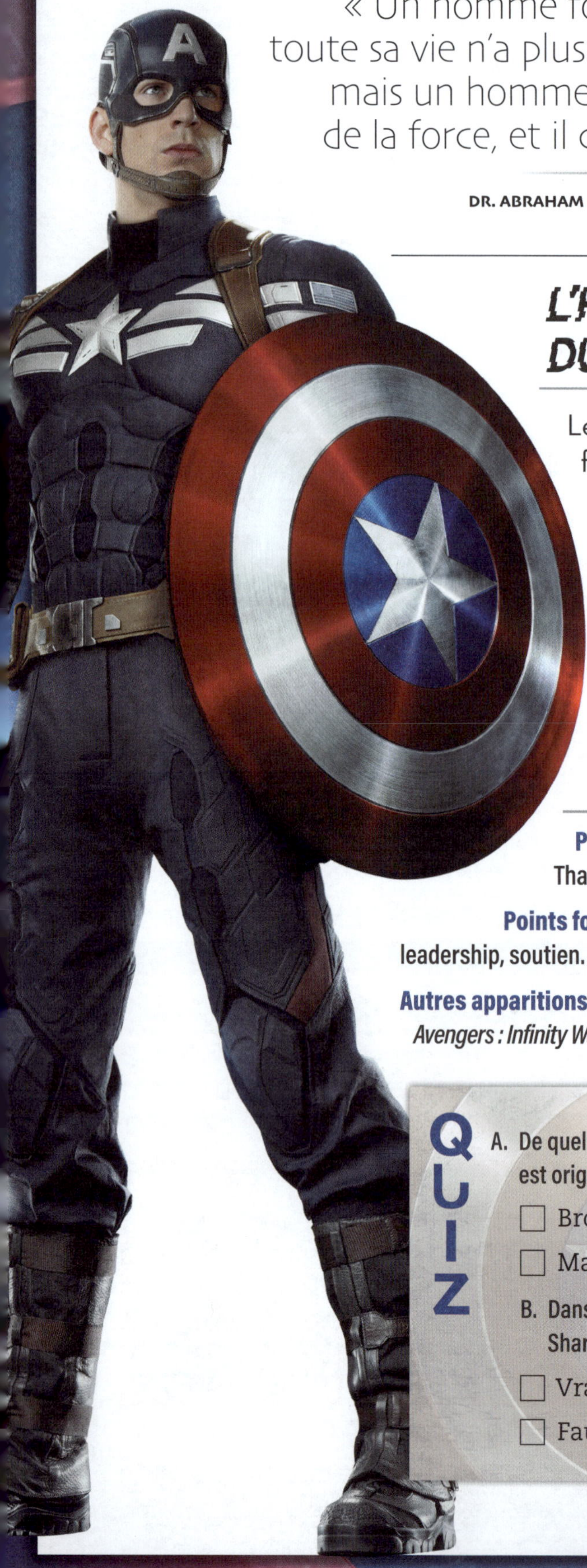

L'HISTOIRE DU PERSONNAGE

Le sérum de Super-Soldat transforme Steve Rogers en Captain America.

Après avoir vaincu Crâne rouge, Captain America passe des années congelé dans un bloc de glace. Il se réveille et rejoint les Avengers.

INFOS

Principaux ennemis : Crâne rouge, Thanos.

Points forts : force, agilité, vitesse, endurance, leadership, soutien.

Autres apparitions : *Avengers, Avengers : L'Ère d'Ultron, Avengers : Infinity War, Avengers : Endgame.*

QUIZ

A. De quel quartier de New York est originaire Steve Rogers ?

- ☐ Brooklyn.
- ☐ Manhattan.

B. Dans *Captain America : Le Soldat de L'Hiver*, Sharon Carter est la voisine de Steve ?

- ☐ Vrai
- ☐ Faux

SORTIES

Captain America : The First Avenger
2011

Captain America : Le Soldat de l'Hiver
2014

Captain America : Civil War
2016

1. AVANT LA TRANSFORMATION

Entourez la bonne réponse.

A. Quel objet Steve utilise-t-il comme bouclier ?

▶ UNE TABLE ▶ UN BANC ▶ UNE CHAISE ▶ UN COUVERCLE DE POUBELLE

B. Combien de fois Steve a-t-il essayé de rentrer dans l'armée ?

▶ 2 ▶ 3 ▶ 4 ▶ 5

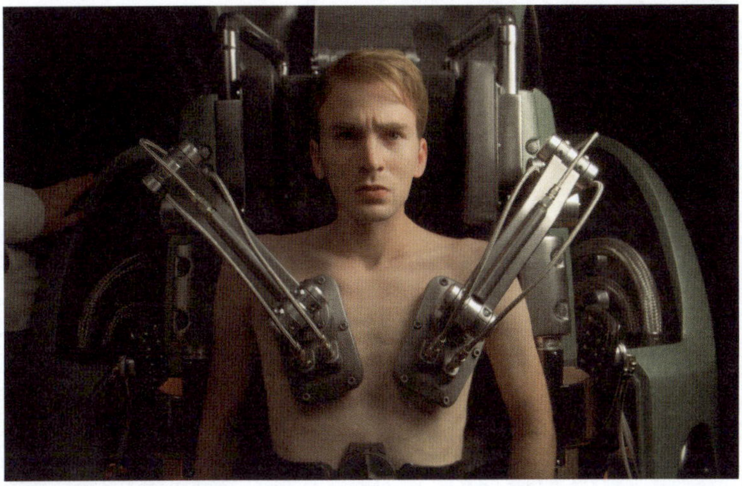

LE SAVIEZ-VOUS ?

Captain America a noué un lien fort avec Sam Wilson, connu sous le nom de Falcon.

2. POUR LA VIE

Cochez les bonnes réponses.

A. Qui est le meilleur ami de Steve ?

- ☐ Jamie.
- ☐ Robbie.
- ☐ Bucky.

B. Ce dernier est aussi l'agent nommé Soldat de l'Hiver.

☐ Vrai ☐ Faux

3. KISS CAM

Qui sont les témoins du premier baiser de Steve Rogers et Sharon Carter ?

☐ Natasha Romanoff et Tony Stark. ☐ Sam Wilson et Bucky. ☐ Wanda Maximoff et Vision.

4. QUI A DIT ?

Dans *Captain America : Le Soldat de l'Hiver*, lorsque Steve dit « C'est une drôle de façon de vivre. », qui répond « C'est une façon de ne pas mourir ».

- ☐ Natasha Romanoff.
- ☐ Bucky.
- ☐ Nick Fury.

5. PAS TRÈS CIVIL

Entourez les bonnes réponses. Dans le troisième film :

Pendant la bataille à l'aéroport, Hawkeye est du côté de Captain America. ▶ VRAI ▶ FAUX

Tony Stark gagne le duel avec Captain America. ▶ VRAI ▶ FAUX

Solutions p. 54

STAR-LORD | PETER QUILL

« Star-Lord, le héros,
le rebelle légendaire, Star-Lord ! »

PETER QUILL dans *Les Gardiens de la Galaxie*

L'HISTOIRE DU PERSONNAGE

Peter Quill, également connu sous le nom de Star-Lord hors-la-loi, est le fils de l'humaine Meredith Quill et de l'être céleste Ego. Ego engage le pirate Yondu Udonta pour capturer le jeune Peter, Yondu l'élève alors comme un pirate Ravageur. Lorsque Peter récupère un mystérieux Orbe, il fait la rencontre de sa future équipe, les Gardiens de la Galaxie.

INFOS

Principaux ennemis : Ronan l'Accusateur, Thanos.

Points forts : pensée non conventionnelle, pilote, casque spatial unique.

Autres apparitions : *Avengers : Infinity War, Avengers : Endgame, Thor : Love And Thunder.*

QUIZ

A. Quel cadeau sa mère lui offre-t-elle avant sa mort ?

☐ Une mixtape. ☐ Un ours en peluche.

B. Il rencontre le reste de l'équipe des Gardiens en prison.

☐ Vrai ☐ Faux

C. Ronan l'Accusateur met une prime sur sa tête.

☐ Vrai ☐ Faux

SORTIES

Les Gardiens de la Galaxie
2014

Les Gardiens de la Galaxie, Vol. 2
2017

Les Gardiens de la Galaxie, Vol. 3
2022

1. SON UNIVERS, SA GALAXIE

Reliez au bon nom.

Son vaisseau •	• Carina
L'esclave du Collectionneur •	• Ayesha
La capitale de l'Empire Nova •	• Le Milan
La Grande Prêtresse des souverains •	• Xandar

LE SAVIEZ-VOUS ?

Dans le téléfilm *Les Gardiens de la Galaxie : Joyeuses fêtes*, Drax et Mantis décident, pour faire plaisir à Peter, de se rendre sur Terre et de lui ramener son acteur préféré.

2. MUSIQUE !

Dans *Vol. 2*, qu'arrive-t-il au lecteur de cassettes de Peter ?

☐ Ego, furieux le brise.

☐ Il est détruit par la flèche de Yondu.

3. AU QUOTIDIEN

Entourez les bonnes réponses.

A. Sur quelle planète se trouve Star-Lord au début des *Gardiens de la Galaxie* ?

▶ TERRE ▶ TITAN ▶ MORAG

B. Selon Star-Lord, quel est le code des Ravageurs ?

▶ « RESTEZ UNIS. »

▶ « VOLEZ TOUT LE MONDE. »

▶ « NE FAITES CONFIANCE À PERSONNE. »

C. Comment distrait-il Ronan l'Accusateur ? En le défiant :

▶ À UN DUEL À MORT ▶ À UNE PARTIE D'ÉCHECS

▶ À UNE BATAILLE DE DANSE

4. PERSONNAGE MYSTÈRE

Qui est libéré de chez le Collectionneur, a une vie anormalement longue, utilise la télékinésie pour aider les Gardiens et rejoint officiellement l'équipe ?

....

5. DES MAUVAIS PÈRES

Cochez les bonnes réponses.

	Vrai	Faux
A. Ego sauve les Gardiens d'une attaque du Souverain.	☐	☐
B. Yondu tue Meredith.	☐	☐

Solutions p. 55

GAMORA

« Où est Gamora ? »

PETER QUILL

« Qui est Gamora ? »

TONY STARK
dans *Avengers : Infinity War*

« Pourquoi est Gamora ? »

DRAX

L'HISTOIRE DU PERSONNAGE

Gamora est une petite fille lorsque Thanos et son armée envahissent sa région natale, éliminant la moitié de la population. Séparée de sa mère lors de l'attaque, Thanos s'attache à la jeune fille, lui offrant une lame en cadeau et la protégeant du massacre de son peuple.

La prenant ensuite comme fille adoptive, Thanos la transforme en une arme vivante et la force à se battre contre Nebula. Il considère Gamora, qui gagnait tous les combats, comme sa préférée. Gamora finit par se rebeller contre Thanos. Elle rejoint les Gardiens de la Galaxie et orchestre la chute de son redoutable père.

INFOS

Principaux ennemis : Ronan l'Accusateur, Thanos.

Points forts : maître assassin, arts martiaux, vitesse, agilité.

Autres apparitions : *Avengers : Infinity War.*

QUIZ

A. Nebula est la sœur adoptive de Gamora.
- Vrai
- Faux

B. Avant leur rencontre avec les autres Gardiens de la Galaxie, Gamora et Nebula devaient aider Yondu à retrouver l'Orbe.
- Vrai
- Faux

C. Thanos sacrifie Gamora pour la pierre de l'Âme.
- Vrai
- Faux

1. L'ORBE

Entourez les bonnes réponses.

A. Dans l'antre du Collectionneur, qui déclenche une explosion gigantesque en essayant de voler l'Orbe ?

▶ **GAMORA** ou ▶ **CARINA**

B. À la fin du premier film à qui Peter Quill confie-t-il l'Orbe ?

▶ **GAMORA** ou ▶ **LES COHORTES DE NOVA**

LE SAVIEZ-VOUS ?

Gamora est considérée comme « la femme la plus meurtrière de la Galaxie ».

2. DES PROMESSES

Dans *Avengers : Infinity War*, que fait promettre Gamora à Star-Lord ?

- ☐ De la tuer si jamais elle est capturée par Thanos.
- ☐ De tuer Thanos si jamais il lui fait du mal.
- ☐ De détruire les pierres d'Infinité.

3. LES MOQUEURS

Dans *Les Gardiens de la Galaxie, Vol. 2*, qui n'arrête pas de rire lorsque Mantis révèle que Peter a des sentiments pour Gamora ?

☐ Peter Quill.

☐ Rocket.

☐ Drax.

4. LE BLIP POUR LES GARDIENS

À la fin de *Avengers : Infinity War*, les seules survivantes des Gardiens de la Galaxie sont Nebula et Mantis.

☐ Vrai ☐ Faux

Solutions p. 55

ROCKET ET GROOT

« Je s'appelle Groot ! »

GROOT dans *Les Gardiens de la Galaxie*

L'HISTOIRE DE ROCKET

Rocket a été génétiquement amélioré par un scientifique qui lui a donné une intelligence extrême et la capacité de parler. Son amertume l'a conduit à une vie de crime et d'incarcération en prison. Rocket et son meilleur ami, Groot, s'échappent avec un groupe de codétenus et deviennent les Gardiens de la Galaxie. Rocket utilise son esprit brillant aux côtés des Avengers pour ramener ses amis après le Blip.

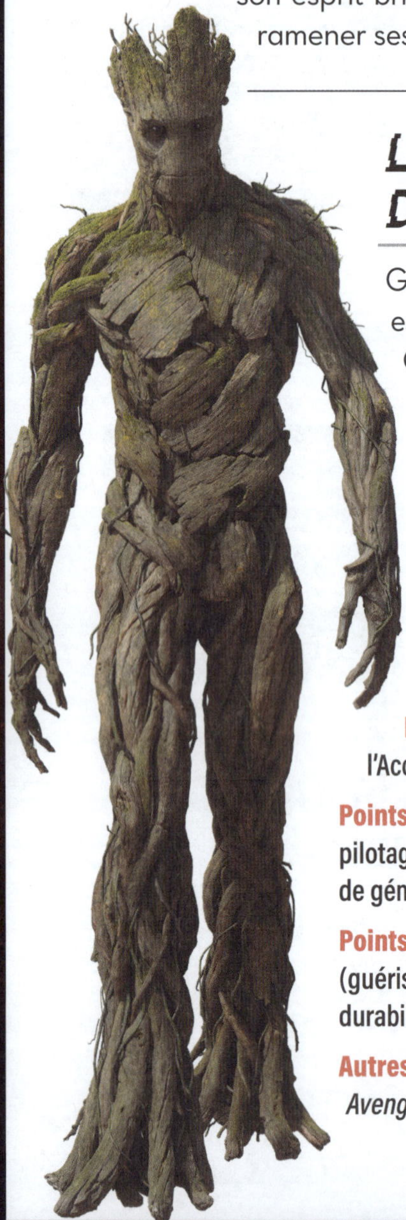

L'HISTOIRE DE GROOT

Groot, un être végétal sensible et ambulant appelé « Flora colossus » est un personnage gentil et travaille comme mercenaire avec Rocket. Composé d'une matière ressemblant au bois, Groot peut « faire pousser » à tout moment à partir de son corps presque tout ce dont il a besoin, comme des armes pour se battre, des barrières de protection pour lui-même ou pour les autres, et même des fleurs à offrir à des personnes spéciales.

INFOS

Principaux ennemis : Ronan l'Accusateur, Thanos.

Points forts de Rocket : expert en armes, pilotage, fort instinct de survie, intelligence de génie.

Points forts de Groot : croissance rapide (guérison et régénération), force physique, durabilité.

Autres apparitions : *Avengers : Infinity War, Avengers : Endgame, Thor : Love And Thunder.*

QUIZ

A. Rocket est nommé « Sujet 89P13 ».

- [ ] Vrai
- [ ] Faux

B. Il s'est évadé trois fois de prisons.

- [ ] Vrai
- [ ] Faux

C. Où Rocket et Groot rencontrent-ils les autres Gardiens ?

- [ ] Kyln.
- [ ] Prison 42.

1. ROCKET SENSIBLE

Cochez les bonnes réponses.

A. Lors de la chute du Dark Aster, que dit Groot à Rocket lorsqu'il lui demande pourquoi il se sacrifie ?

- ☐ « Je s'appelle Groot. »
- ☐ « Nous s'appelle Groot. »
- ☐ « Tu s'appelles Groot. »

B. Que récupère Rocket pour créer un nouveau Groot ?

- ☐ Une brindille.
- ☐ Une feuille.

2. ROCKET TAQUIN

Dans *Les Gardiens de la Galaxie, Vol.2*, quel est le nom du Ravageur qui fait rire Rocket ?

....

3. SOUS TOUTES SES FORMES

Reliez la forme de Groot au film dans lequel il apparaît ainsi.

•   •   •

•   •   •

Avengers : Infinity War   *Les Gardiens de la Galaxie, Vol.2*   *Les Gardiens de la Galaxie*

4. DANS SON MONDE

Que fait bébé Groot pendant que les autres Gardiens combattent le monstre Abilisk ?

☐ Il se cache.   ☐ Il danse.

Solutions p. 56

MARVEL STUDIOS THE AVENGERS

Pour sauver le monde, Nick Fury réunit une équipe de super-héros et fonde *l'Initiative Avengers*. Après le combat contre Ultron, les Avengers vont faire face à Thanos. Ce dernier est parvenu à collecter les six pierres d'Infinité et à éliminer la moitié de la population. Les Avengers doivent alors s'unir pour ramener tous ces disparus.

AVENGERS 2012

Complétez la grille.

1. Nombre d'Avengers.
2. Nom de l'Avenger vert qui dit : « Nous ne sommes pas une équipe, nous sommes une bombe à retardement ».
3. Nom donné à la bataille décisive entre les Avengers et les Chitauri (en deux mots).
4. Nom de l'Avenger qui essaie de calmer Bruce pour l'empêcher de se transformer en Hulk (en deux mots).
5. Prénom de l'Avenger spécialiste du tir à l'arc.
6. Nom de l'Avenger héritier du trône d'Asgard.
7. Nom du méchant qui apparaît dans la scène post-crédit.

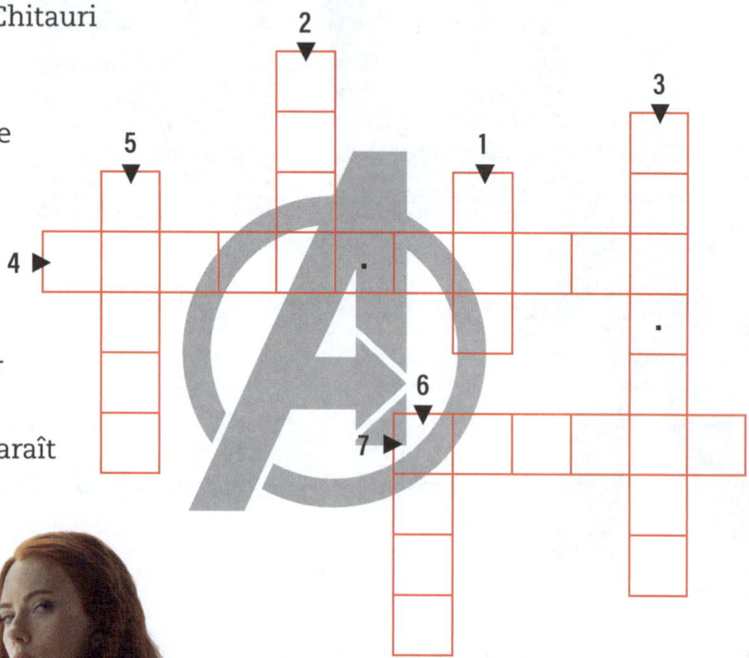

AVENGERS : L'ÈRE D'ULTRON 2015

Cochez les bonnes réponses.

A. Que recherchent les Avengers en Sokovie ?

☐ Le marteau de Thor. ☐ Le sceptre de Loki.

B. Qu'est-ce qu'Ultron veut enlever aux humains ?

☐ L'amour. ☐ L'espoir.

C. Que fait Wanda à Ultron ?

☐ Elle lui arrache le « cœur ». ☐ Elle le désintègre.

AVENGERS : INFINITY WAR 2018

A. Reliez la pierre au personnage qui la possède au début du film.

La pierre du Pouvoir •	• Vision
La pierre de l'Esprit •	• Loki
La pierre du Temps •	• Thanos
La pierre de Réalité •	• Docteur Strange
La pierre de l'Espace •	• Le Collectionneur

B. Quel surnom Thor donne-t-il à Rocket ?

☐ Opossum.

☐ Lapin.

C. À la fin du film, à qui Nick Fury lance-t-il son ultime appel à l'aide ?

....

....

AVENGERS : ENDGAME 2019

Cochez les bonnes réponses. Qui…

A. … sauve Tony Stark et Nebula de l'espace ?

☐ Thor. ☐ Captain Marvel.

B. … regarde sa famille disparaître en un instant au début du film ?

☐ Hawkeye. ☐ Black Widow.

C. … donne à Bruce Banner/Hulk la pierre du Temps ?

☐ L'Ancien. ☐ Wong.

D. … tue Thanos du premier coup ?

☐ Thor. ☐ Captain Marvel.

E. … s'échappe de la bataille de New York avec le Tesseract ?

☐ Brock Rumlow. ☐ Loki.

Solutions p. 56

ANT-MAN | SCOTT LANG

« Dans cette existence, on a rarement le droit à une deuxième chance. »

SCOTT LANG dans *Ant-Man*

L'HISTOIRE DU PERSONNAGE

Entraîné par Hank Pym et Hope Van Dyne, l'ancien détenu Scott Lang devient le héros Ant-Man. Il combat le méchant Yellowjacket et rejoint Captain America pour résister aux accords de Sokovie. Au cours d'une expérience, il se retrouve piégé par inadvertance dans le Royaume Quantique. Cet accident permet à Scott et aux Avengers de réaliser le « casse temporel » qui ramènera à la vie tous ceux qui ont disparu après le Blip. Après ce succès, Scott ne souhaite rien de plus que rattraper le temps perdu avec sa fille, Cassie.

INFOS

Principaux ennemis : Yellowjacket, Thanos.

Points forts : ingénierie électrique, détermination, cœur ; en tant que Ant-Man : changement de taille, communication avec les fourmis.

Autres apparitions : *Captain America : Le Soldat de l'Hiver, Avengers : Endgame.*

QUIZ

A. Scott essaie son costume, tout juste volé, dans une baignoire.

- [ ] Vrai
- [ ] Faux

B. Le nouveau petit ami de son ex-femme est pompier.

- [ ] Vrai
- [ ] Faux

C. Sa fille disparaît lors du Blip.

- [ ] Vrai
- [ ] Faux

SORTIES

Ant-Man
2015

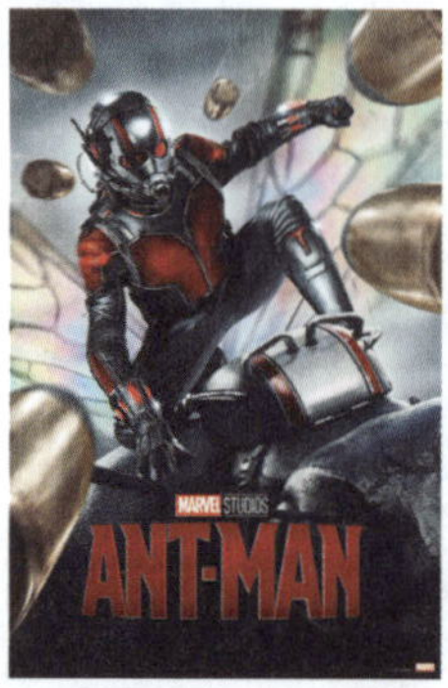

Ant-Man et la Guêpe
2018

Ant-Man et la Guêpe : Quantumania
2023

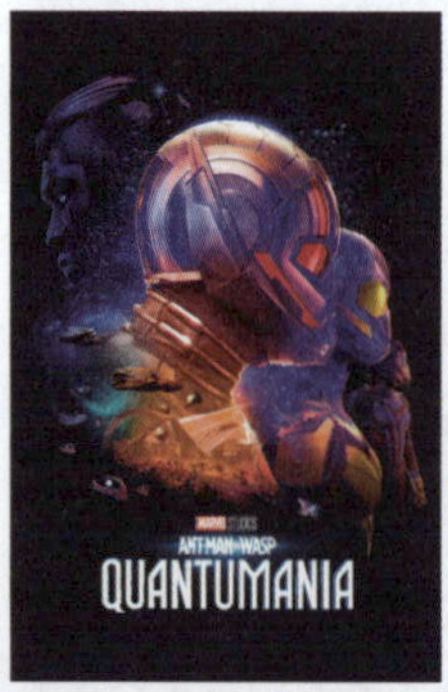

1. BELLE RÉCOMPENSE !

Dans *Ant-Man et la Guêpe*, qu'y a-t-il d'inscrit sur le trophée que Cassie donne à son père ?

- ☐ Le meilleur papa du monde.
- ☐ Le super-héros le plus cool du monde.
- ☐ La meilleure grand-mère du monde.

2. LES SURNOMS

Cochez la bonne réponse.

A. Dans *Ant-Man et la Guêpe*, comment Scott appelle-t-il la fourmi qu'il utilise pour pénétrer dans le bâtiment où se trouve le laboratoire d'Hank Pym ?

- ☐ Ulysses S. Gr-Ant.
- ☐ Adam Ant.
- ☐ Mark Ant-Tony.

Entourez les bonnes réponses.

B. Ava Starr est le Fantôme.

▶ VRAI ▶ FAUX

C. Qui porte le costume de Yellowjacket ?

▶ DARREN CROSS ▶ HANK PYM

LE SAVIEZ-VOUS ?

Janet Van Dyne, la première Guêpe, a disparu en réduisant son corps à une taille subatomique pour pouvoir désamorcer une bombe.

3. LE ROYAUME QUANTIQUE

Cochez les bonnes réponses.

Veb est :
- ☐ un allié de Kang.
- ☐ chaleureux et curieux.

Il produit un fluide :
- ☐ mortel pour celui qui le boit.
- ☐ qui permet à celui qui le boit de comprendre toutes les langues.

4. FOCUS SUR LA GUÊPE

Cochez les bonnes réponses.

A. Quand Hope Van Dyne a-t-elle commencé les arts martiaux ?

- ☐ Lors d'un voyage en Asie.
- ☐ Après le décès de sa mère, Janet.

B. Avec son costume, la Guêpe peut voler.

- ☐ Vrai
- ☐ Faux

Solutions p. 57

DOCTEUR STRANGE | DR. STEPHEN STRANGE

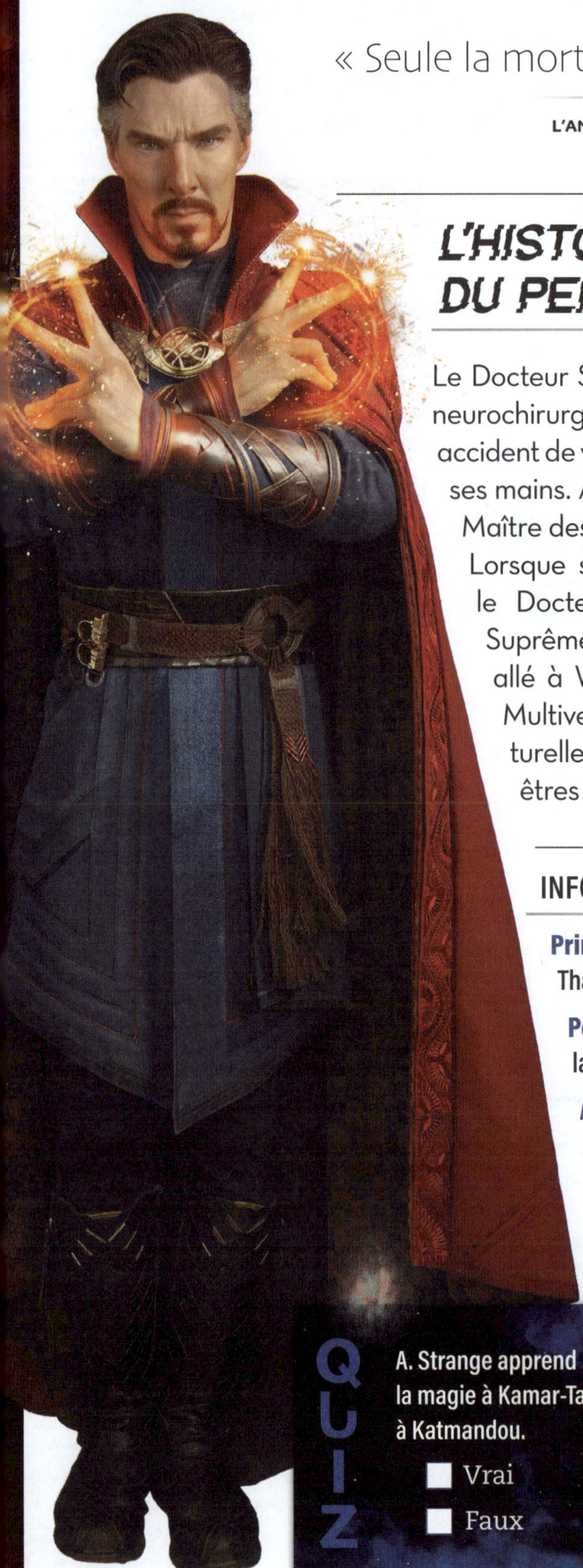

« Seule la mort donne un sens à la vie. »

L'ANCIEN dans *Doctor Strange*

L'HISTOIRE DU PERSONNAGE

Le Docteur Stephen Strange était le meilleur neurochirurgien de New York jusqu'à ce qu'un accident de voiture lui laisse un usage limité de ses mains. Après un long parcours, il devient Maître des Arts Mystiques.

Lorsque son professeur, l'Ancien, est tué, le Docteur Strange devient le Sorcier Suprême mais après le Blip, ce titre est allé à Wang. Il défend la Terre – et le Multivers – contre les menaces surnaturelles, les forces extraterrestres et les êtres interdimensionnels.

INFOS

Principaux ennemis : Dormammu, Ultron, Thanos.

Points forts : intelligence, innovation, lancer de sorts, contrôle du temps.

Autres apparitions : *Thor : Ragnarok, Avengers : Infinity War, Avengers : Endgame.*

SORTIE

Doctor Strange
2016

Doctor Strange in the Multiverse of Madness
2022

QUIZ

A. Strange apprend la magie à Kamar-Taj à Katmandou.
- ☐ Vrai
- ☐ Faux

B. « Shamballa » est le mantra de Strange.
- ☐ Vrai
- ☐ Faux

C. Christine Palmer est l'ex-petite amie de Stephen Strange.
- ☐ Vrai
- ☐ Faux

1. DE BONS CONSEILS

Cochez les bonnes réponses.

A. « L'arrogance et la peur vous empêchent encore d'apprendre la leçon la plus simple et la plus significative de toutes. » « Laquelle ? » Que répond l'Ancien à Strange ?

- ☐ « Tu n'es pas important. »
- ☐ « Il ne s'agit pas uniquement de vous. »
- ☐ « Tu n'as pas besoin de magie. »

B. Qui dit à Strange : « Puis-je vous proposer des conseils ? Oubliez tout ce que vous pensez savoir. » ?

- ☐ L'Ancien.
- ☐ Wong.
- ☐ Mordo.

2. UNE VISITE

À la fin du premier film, quel Avenger rend visite à Strange chez lui ?

....

3. SANCTUM SANCTORUM

Reliez à la bonne réponse.

Quel sanctuaire est :

le premier à être détruit ? •	• celui de New York.
celui où Strange reçoit sa cape de lévitation ? •	• celui de Hong Kong.
situé au 177 A Bleecker Street ? •	• celui de Londres.

LE SAVIEZ-VOUS ?

Strange possède l'Œil d'Agamotto qui contient la pierre d'Infinité connue sous le nom de pierre du Temps. Grâce à elle, Strange peut modifier le temps.

4. C'EST UNE FOLIE

Entourez les bonnes réponses.

Dans *The Multiverse of Madness* :

Un démon interrompt le mariage de Christine Palmer.

▶ VRAI ▶ FAUX

Strange tue Gargantos en le piégeant dans un portail.

▶ VRAI ▶ FAUX

Wong dit à Strange de prendre le pouvoir d'America pour arrêter la Sorcière Rouge.

▶ VRAI ▶ FAUX

Solutions p. 57

BLACK PANTHER | T'CHALLA

« Quand les temps sont difficiles, le sage construit des ponts, et l'idiot érige des barrières. »

T'CHALLA dans *Black Panther*

L'HISTOIRE DU PERSONNAGE

Des générations de rois du Wakanda ont acquis le pouvoir légendaire de Black Panther en buvant un élixir fabriqué à partir d'une herbe secrète. En tant que Black Panther, T'Challa utilise ses capacités surhumaines pour défendre son peuple et le monde entier. Lorsque Black Panther et l'armée du Wakanda unissent leurs forces à celles des Avengers, ils contribuent à renverser la tendance lors du combat final contre Thanos.

SORTIES

Black Panther
2018

Black Panther : Wakanda forever
2022

INFOS

Principaux ennemis : Erik Killmonger, Thanos.

Points forts : force physique, vitesse et agilité, griffes et boucliers en vibranium.

Autres apparitions : *Captain America : Civil War, Avengers : Infinity War, Avengers : Endgame.*

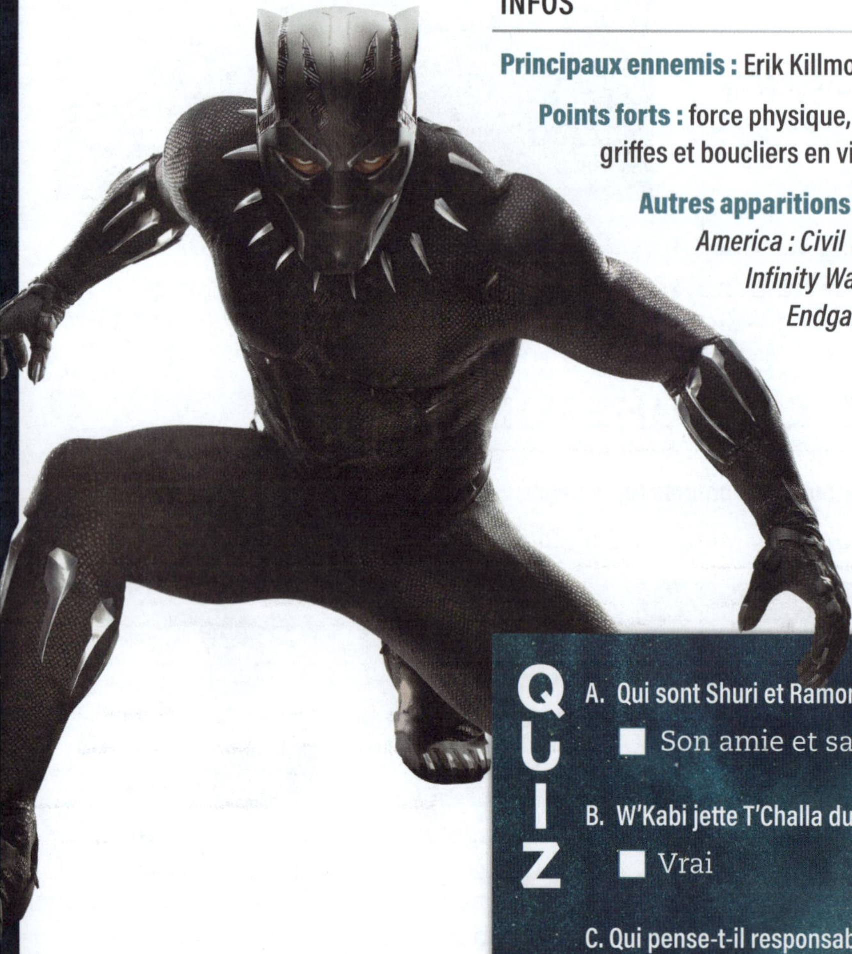

QUIZ

A. Qui sont Shuri et Ramonda pour T'Challa ?

- ■ Son amie et sa tante.
- ■ Sa sœur et sa mère.

B. W'Kabi jette T'Challa du haut des chutes du guerrier.

- ■ Vrai
- ■ Faux

C. Qui pense-t-il responsable de la mort de son père ?

- ■ Captain America.
- ■ Bucky.

1. GIRL POWER

Qui sont les Dora Milaje ? Cochez la bonne réponse.

- ☐ Les différentes héritières du trône du Wakanda.
- ☐ Un groupe d'élite de guerrières wakandaises qui servent le trône.

LE SAVIEZ-VOUS ?

C'est une météorite qui a transporté du vibranium à Wakanda.

2. UNE BOISSON COLORÉE

De quelle couleur est le liquide de l'herbe en forme de cœur donné à Black Panther ? Entourez la bonne réponse.

▶ VERT ▶ VIOLET

LE SAVIEZ-VOUS ?

Angela Bassett joue la mère de Black Panther.

3. QUI EST-IL ?

Le nom wakandais d'Erik Killmonger est N'Jadaka.

☐ Vrai ☐ Faux

4. DANS WAKANDA FOREVER

Shuri synthétise l'Herbe-Cœur et devient la nouvelle Black Panther.

☐ Vrai ☐ Faux

5. QUI ?

Reliez la bonne réponse aux questions suivantes.

Qui conçoit le costume, les armes et l'équipement de T'Challa ?	Qui T'Challa essaie-t-il de reconquérir ?	Qui est le bras droit du général Okoye et cheffe de la sécurité Dora Milaje ?
•	•	•
•	•	•

Ayo

Nakia

Shuri

Solutions p. 58

CAPTAIN MARVEL | CAROL DANVERS

« Votre guerre, je ne vais pas la faire.
Je vais y mettre un terme. »

CAROL DANVERS dans *Captain Marvel*

L'HISTOIRE DU PERSONNAGE

La soldate Kree Vers se retrouve sur la planète Terre, où elle est traquée par l'agent du S.H.I.E.L.D. Nick Fury. Ils finissent par unir leurs forces pour empêcher une invasion de la Terre par les extra-terrestres métamorphes appelés Skrulls. En parallèle, Vers retrouve les souvenirs de sa vie en tant que Carol Danvers. Elle découvre que les Kree la manipulent et utilisent ses pouvoirs. Elle se libère de leur contrôle et débloque toutes ses capacités de Captain Marvel qui est presque invulnérable. Elle parcourt alors l'Univers en utilisant ses pouvoirs pour protéger d'autres planètes. Captain Marvel revient sur Terre lorsque l'utilisation des pierres d'Infinité par Thanos incite Fury à l'appeler à l'aide.

SORTIE

Captain Marvel
2019

INFOS

Principaux ennemis : les Skrulls, Thanos.

Points forts : capacités de pilotage supérieures, durabilité, force et réflexes améliorés, explosions d'énergie cosmique, capacités de guérison, vol spatial.

Autres apparitions : *Avengers : Endgame, Ms. Marvel, The Marvels.*

QUIZ

A. Captain Marvel fait partie de l'unité militaire d'élite *Kree Star-Lord.*

- ☐ Vrai
- ☐ Faux

B. Dans le passé, Carol était une pilote de l'*US Air Force.*

- ☐ Vrai
- ☐ Faux

C. Captain Marvel affronte le chef des Skrulls nommé :

- ☐ Thanos.
- ☐ Talos.

1. PREMIERS PAS

Où Vers atterrit-elle lorsqu'elle arrive pour la première fois sur Terre ? Cochez la bonne réponse.

- ☐ Un magasin de vidéo.
- ☐ Une épicerie.
- ☐ Un magasin d'électronique.

LE SAVIEZ-VOUS ?

Le sang des Kree est bleu.

2. IL Y A LONGTEMPS

Combien d'années avant les événements du film, Carol dit-elle que son avion s'est écrasé ?

....

3. AFFECTUEUSEMENT

Quel surnom donne Carol à Monica Rambeau ? Cochez la bonne réponse.

- ☐ Capitaine Chaos.
- ☐ Lieutenant Trouble.
- ☐ Sergent Danger.

4. SON ENTOURAGE

Pouvez-vous donner le nom de ces personnages ?

....

5. RENCONTRE FÉLINE

Captain Marvel et Nick Fury rencontre une chatte nommée Goose. Quelles particularités a-t-elle ? Cochez la (ou les) bonne(s) réponse(s).

- ☐ Elle possède de puissants tentacules pour avaler des Kree.
- ☐ Elle fait partie des extraterrestres nommés Flerkens.
- ☐ Elle trie ses croquettes.
- ☐ Elle peut stocker des objets dans son corps.

Solutions p. 58

LES MÉCHANTS

Thanos, principal méchant de la Saga de l'Infinité, a acquis une puissance telle qu'il sème la mort et la destruction de planète en planète, avec d'innombrables légions de soldats et de serviteurs à sa disposition. Célèbre pour avoir attaqué des planètes entières afin de dépeupler ce qu'il croit être un univers surpeuplé, il travaille le plus souvent par l'intermédiaire de substituts pour atteindre ses objectifs.

LE PLUS GRAND DES MÉCHANTS

A. Thanos est un :

- ☐ Titan.
- ☐ Kree.

D. Il répète souvent :

- ☐ « Je suis inéluctable. »
- ☐ « Je suis inévitable. »

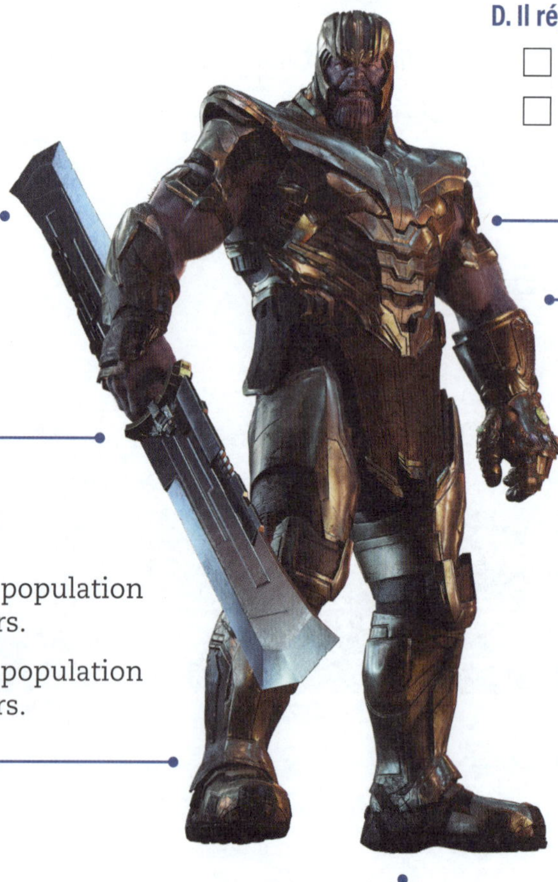

B. Il veut éliminer :

- ☐ 80 % de la population de l'Univers.
- ☐ 50 % de la population de l'Univers.

E. Les Avengers arrivent à le vaincre grâce :

- ☐ au Darkhold.
- ☐ à un casse temporel.

C. Pour faire disparaître cette population, il :

- ☐ frappe dans ses mains.
- ☐ claque des doigts.

F. Dans *Avengers : Endgame*, Thanos est tué par :

- ☐ Thor.
- ☐ Hulk.

MAUVAISE FRÉQUENTATION

Entourez les bonnes réponses.

A. Ronan l'Accusateur est un Chitauri. **VRAI** **FAUX**

B. Thanos promet de l'aider à détruire Asgard. **VRAI** **FAUX**

UNE HISTOIRE DE COULEUR

Reliez la pierre d'Infinité à sa couleur :

La pierre de l'Âme •	• La pierre du Temps
La pierre du Pouvoir •	• La pierre de Réalité
La pierre de l'Esprit •	• La pierre de l'Espace

...ET LES AUTRES EN MOTS CROISÉS

Replacez le nom de tous ces méchants dans la grille puis attribuez-leur le chiffre du film dont ils sont issus.

1. *Thor* ; **2.** *Captain Marvel* ; **3.** *Avengers : Infinity War* ; **4.** *Avengers : L'Ère d'Ultron* ; **5.** *Thor : Ragnarok* ; **6.** *Captain America.*

A

D

B

E

C

F

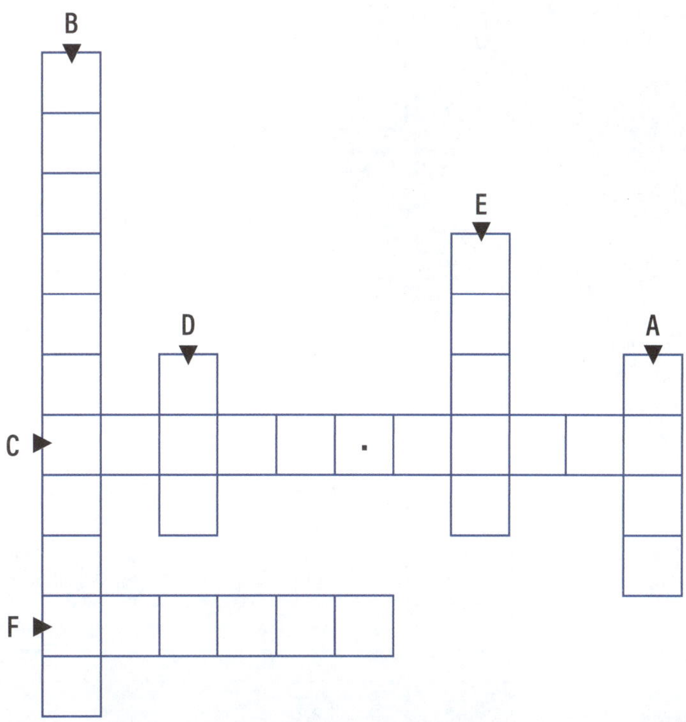

Solutions p. 59

LA SORCIÈRE ROUGE | WANDA MAXIMOFF

« Ils vécurent heureux
et eurent beaucoup d'enfants. »

VISION dans *Wandavision*

L'HISTOIRE DU PERSONNAGE

Wanda Maximoff et son frère, Pietro, acquièrent leurs pouvoirs après s'être portés volontaires pour des expériences qu'Hydra réalisaient avec la pierre de l'Esprit.

Bien qu'elle commence comme l'ennemie des Avengers, Wanda devient plus tard membre de l'équipe.

Mais alors qu'elle est frappée par le chagrin après la mort de Vision, sa magie transforme la ville de Westview en une sitcom familiale avec elle-même et Vision dans les rôles principaux.

SORTIE

Wandavision
2021

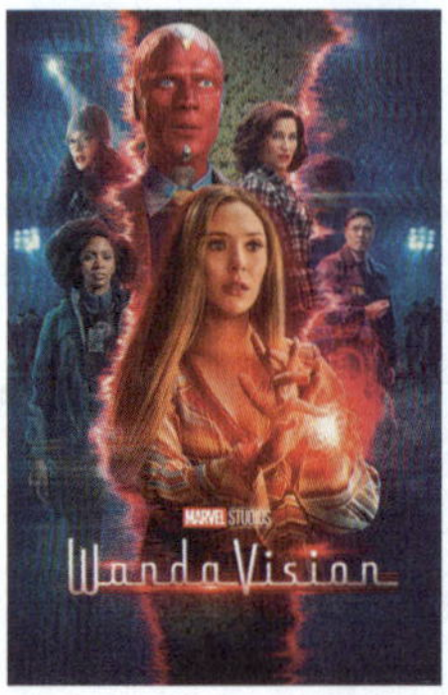

INFOS

Principaux ennemis : d'abord Tony Stark puis Thanos.

Points forts : projection d'énergie télékinétique, lévitation, contrôle mental, télépathie, lancement de sorts, magie du Chaos.

Autres apparitions : *Avengers : L'Ère d'Ultron, Captain America : Civil War, Avengers : Infinity War, Avengers : Endgame, Doctor Strange in the Multiverse of Madness.*

QUIZ

A. Wanda Maximoff est originaire de Bagram.
- ☐ Vrai
- ☐ Faux

B. De quel méchant est-elle d'abord une alliée ?
- ☐ Ultron.
- ☐ Thanos.

C. Wanda tente de retirer la pierre de l'Esprit du front de Vision au Wakanda.
- ☐ Vrai
- ☐ Faux

1. DE TOUTES SES FORCES

Quel est le nom du champ de force qui entoure Westview ?

2. UN BEST-SELLER

Dans *Doctor Strange in the Multiverse of Madness*, quel livre la Sorcière Rouge utilise-t-elle pour naviguer dans le Multivers ?

3. SA RAISON DE VIVRE

Entourez les prénoms des jumeaux de Wanda et Vision.

WILLY BILLY BOBBY TOMMY

LENNY HENRY JESSY

4. VISION DANS LA SÉRIE

Cochez les bonnes réponses.	**Vrai**	**Faux**
Vision fait partie d'un groupe de surveillance de la ville.	☐	☐
Son collègue de bureau s'appelle Dwight.	☐	☐
Vision Blanc est sa version reconstruite par le S.W.O.R.D.	☐	☐

5. QUI EST-CE ?

Comment s'appelle l'agent du S.W.O.R.D. qui les surveille ?

LE SAVIEZ-VOUS ?

Agatha a sa propre série intitulée *Agatha All Along.*

6. UN VOISINAGE DIFFICILE

Cochez les bonnes réponses.

A. Qui est la cheffe du quartier ? ☐ Agnès. ☐ Dottie.

B. Quel est le vrai nom d'Agnès ? ☐ Agatha Harkness. ☐ Darcy Lewis.

C. Agatha dit qu'elle va devenir : ☐ la Sorcière Suprême. ☐ la Sorcière Rouge.

Solutions p. 59

FALCON | SAM WILSON

« Mon seul véritable pouvoir, c'est ma confiance en notre capacité à faire bien mieux. »

SAM WILSON dans *Falcon et le Soldat de l'Hiver*

L'HISTOIRE DU PERSONNAGE

Sam Wilson, ancien officier parachutiste de l'armée de l'air, trouve du travail au ministère des Anciens Combattants. Il se lie d'amitié avec Steve Rogers et Natasha Romanoff et les aide à combattre Hydra, sous le nom de code Falcon. Sam rejoint les Avengers et se bat contre l'invasion du Wakanda par Thanos. Plus tard, Steve lui donnera son bouclier de Captain America.

SORTIE

Falcon et le Soldat de l'Hiver
2021

INFOS

Principaux ennemis : Thanos, les Flag-Smashers.

Points forts : formation militaire, vol, boucliers, drone.

Autres apparitions : *Captain America : Le Soldat de l'Hiver, Avengers : L'Ère d'Ultron, Ant-Man, Captain America : Civil War, Avengers : Infinity War, Avengers : Endgame.*

QUIZ

A. Quel est le nom du drone de Falcon ?

- ☐ Bluebird.
- ☐ Redwing.

B. Black Widow convainc Sam de garder le bouclier de Captain America.

- ☐ Vrai
- ☐ Faux

1. ÉPISODE 6

Dans la série, que contenait la mallette que Bucky donne à Sam ? Cochez la bonne réponse.

- ☐ Le nouveau costume de Captain America.
- ☐ Un bouclier de Captain America.
- ☐ Un nouveau drone.

2. T'AS LA RÉF

Que dit Sam dans l'oreillette de Captain America après le Blip alors qu'un portail s'ouvre ? Cochez la bonne réponse.

- ☐ « Nous sommes de retour. »
- ☐ « Est-ce que ça va ? »
- ☐ « Sur ta gauche. »

LE SOLDAT DE L'HIVER | JAMES « BUCKY » BARNES

« Le monde est à l'envers. Les gens ont besoin de quelque chose à défendre. »

BUCKY dans *Falcon et le Soldat de l'Hiver*

L'HISTOIRE DU PERSONNAGE

James « Bucky » Barnes est un ami d'enfance de Steve Rogers. Les amis se retrouvent pendant la Seconde Guerre mondiale, mais Bucky est capturé par Hydra et soumis aux expériences du Docteur Arnim Zola. Son cerveau est reprogrammé pour le transformer en une arme secrète de super-soldat, connue sous le nom de Soldat de l'Hiver. Avec le temps et le soutien de Steve, il surmonte l'endoctrinement d'Hydra et se souvient de sa vie en tant que Bucky.

INFOS

Principaux ennemis : Hydra, Thanos, les Flag-Smashers.

Points forts : force, vitesse, agilité, endurance, bras cybernétique.

Autres apparitions : *Captain America : The First Avenger, Captain America : Le Soldat de l'Hiver, Captain America : Civil War, Avengers : Infinity War, Avengers : Endgame.*

1. SCÈNE POST-CRÉDIT

Dans quel film Bucky se rend-il à une exposition dédiée à Captain America ? Entourez la bonne réponse.

- ▶ *CAPTAIN AMERICA : LE SOLDAT DE L'HIVER*
- ▶ *CAPTAIN AMERICA : CIVIL WAR*

QUIZ

A. Avant de devenir un super-soldat Bucky disparaît dans un crash d'avion.

☐ Vrai ☐ Faux

B. Dans la série, Falcon et le Soldat de l'Hiver cherchent l'aide de Loki.

☐ Vrai ☐ Faux

2. ÉPISODES 4 ET 5

Entourez la bonne réponse.

A. Qui vole le dernier flacon de sérum de Super-Soldat ?

- ▶ BARON ZEMO
- ▶ JOHN WALKER

B. Que répare Bucky pour aider Sam et sa sœur ?

- ▶ LEUR MAISON
- ▶ LEUR BATEAU FAMILIAL

Solutions p. 60

BLACK WIDOW | NATASHA ROMANOFF

« Un jour ou l'autre nous devons tous choisir entre ce que le monde attend de nous et ce que nous sommes. »

MELINA VOSTOKOFF dans *Black Widow*

L'HISTOIRE DU PERSONNAGE

Natasha Romanoff était autrefois une tueuse soviétique de premier plan. L'agent du S.H.I.E.L.D. Clint Barton voit tout le potentiel de Natasha et finit par la recruter. Elle utilise ses compétences d'espionne pour le S.H.I.E.L.D. en infiltrant Stark Industries, puis fait équipe avec Captain America et combat aux côtés des autres Avengers.

SORTIE

Black Widow
2021

INFOS

Principaux ennemis : Taskmaster, Thanos.

Points forts : formation d'assassin de la Chambre rouge, arts martiaux, agilité, compétences d'espionnage, gant « Morsure de la Veuve », matraques à électrochocs.

Autres apparitions : *Iron Man 2, Avengers, Captain America : Le Soldat de l'Hiver, Avengers : L'Ère d'Ultron, Captain America : Civil War, Avengers : Infinity War, Avengers : Endgame.*

QUIZ

A. Jeune, Natasha avait les cheveux rouges.

☐ Vrai ☐ Faux

B. Clint Barton avait l'ordre d'éliminer Natasha.

☐ Vrai ☐ Faux

1. PSEUDONYME

Sous quel nom Natasha Romanoff rejoint-elle Stark Industries ?

- ☐ Nora Richardson.
- ☐ Natalie Rushman.
- ☐ Nicola Rogers.
- ☐ Pepper Potts.

2. ASTUCE

Dans quoi Yelena et Natasha cachent-elles leur appareil de communication lorsqu'elles font évader Alexei de prison ?

- ☐ Une figurine Red Guardian.
- ☐ Un morceau de pain.
- ☐ Une boîte avec le logo de Captain America.

3. DES LIENS FORTS

Natasha considère Yelena comme sa sœur.

☐ Vrai ☐ Faux

LE SAVIEZ-VOUS ?

Alexei Shostakov opère sous le nom de Red Guardian. Il a passé trois ans en Ohio, se faisant passer pour le père de Natasha et Yelena. Il les aime comme si elles étaient ses propres filles.

4. ÇA FAIT MAL

Que fait Natasha pour pouvoir attaquer le général Dreykov ?

- ☐ Elle se parfume.
- ☐ Elle se casse le nez.
- ☐ Elle retient son souffle.

5. DANS QUEL FILM…

Reliez les scènes décrites au film correspondant.

Black Widow lève la main quand Rocket demande : « Qui ici n'est jamais allé dans l'espace ? » •	• *Avengers : Endgame*
Natasha dit à Steve Rogers : « Je cherche le musée de la préhistoire. J'ai besoin de récupérer un fossile » en parlant de lui. •	• *Avengers : L'Ère d'Ultron*
Natasha revit ses traumatismes de la Chambre rouge. •	• *Captain American : Le Soldat de l'Hiver*

Solutions p. 60

SHANG-CHI

« Si tu ne vises rien,
tu n'atteindras rien. »

KATY dans *Shang-Chi et la Légende des Dix Anneaux*

L'HISTOIRE DU PERSONNAGE

Shang-Chi, entraîné depuis sa plus jeune enfance aux arts martiaux, a quitté son ancienne vie et s'appelle désormais Shaun. Il travaille à San Francisco avec sa meilleure amie Katy, jusqu'à ce que son père, chef de l'Organisation des Dix Anneaux, décide qu'il est temps pour Shang-Chi de rentrer à la maison.

SORTIE

Shang-Chi et la Légende des Dix Anneaux
2021

INFOS

Principaux ennemis : Rasor Fist, le Mandarin.

Points forts : vitesse, agilité, flexibilité, arts martiaux, stationnement en créneau.

QUIZ

A. Comment s'appelle son père ?
- [ ] Wong.
- [ ] Wenwu.

B. Au début du film, Shang-Chi est serveur.
- [ ] Vrai
- [ ] Faux

C. Ying Nan est la tante de Shang-Chi.
- [ ] Vrai
- [ ] Faux

D. Sa sœur s'appelle Xialing.
- [ ] Vrai
- [ ] Faux

1. UN NOMBRE

Quel âge avait Shang-Chi lorsqu'il s'est enfui à San Francisco ?

....

2. PAR AMOUR

Que se passe-t-il lorsque Wenwu ouvre la Porte des Ténèbres ?

☐ Certains Mangeurs d'Âmes s'échappent.

☐ Li revient à la vie.

3. LES LIENS DU SANG

Entourez la bonne réponse.

À qui Shang-Chi dit-il : « Je ne te quitterai plus. » ?

▶ SA SŒUR ▶ SA MÈRE

4. CAMÉO

Quels sont les deux Avengers qui étudient les Dix Anneaux dans la bibliothèque de Wong ?

B...

et

C...

5. TOUT SUR KATY

Cochez les bonnes réponses.	Vrai	Faux
A. Après avoir obtenu son diplôme, Katy travaille dans un hôtel.	☐	☐
B. Lors du combat entre Xialing et Shang-Chi, elle parie sur Shang-Chi.	☐	☐
C. Elle apprend à se battre avec une épée.	☐	☐

6. ANIMAL PROTECTEUR

Entourez la bonne réponse.

Quelle forme prend le Grand Protecteur ?

▶ UN DRAGON ▶ UN SERPENT

Solutions p. 61

LES ARMES

Pour se battre ou pour se défendre, les super-héros fabriquent et utilisent de nombreuses armes remarquables. Parfois fabriquées à partir de matériaux rares, elles sont essentielles au MCU.

LE BOUCLIER DE CAPTAIN AMERICA

Cochez les bonnes réponses.

A. Qui a fabriqué ce bouclier ? ☐ Howard Stark. ☐ Tony Stark.

B. De quel métal est-il fait ? ☐ Vibranium. ☐ Titanium.

C. Thanos a réussi à détruire ce bouclier. ☐ Vrai ☐ Faux

CHACUN LA SIENNE

Reliez l'arme au personnage qui lui correspond.

Les flèches piégées •	Les bâtons électrifiés •	Les gantelets en vibranium •	La lance en écailles de dragon •	Les boucliers runiques •
• Hawkeye	• Strange	• Shuri	• Shang-Chi	• Black Widow

INCOGNITO

Qui arbore la tenue ci-contre ? ....

L'ARMURE D'IRON MAN

Numérotez les images selon leur ordre d'apparition dans le MCU.

Quelle technologie Tony Stark utilise-t-il pour ses armures Mark 50 ?

☐ La nanotechnologie. ☐ La microtechnologie.

LE MARTEAU ET LA HACHE DE THOR

Complétez la grille.

1. Nom du marteau.
2. Nom de la planète sur laquelle Odin envoie le marteau.
3. Nom du seul autre Avenger capable d'utiliser ce marteau.
4. Nom de celui qui détruit le marteau.
5. Nom de la hache.
6. Nom de celui qui donne son bois pour réaliser le manche de la hache.

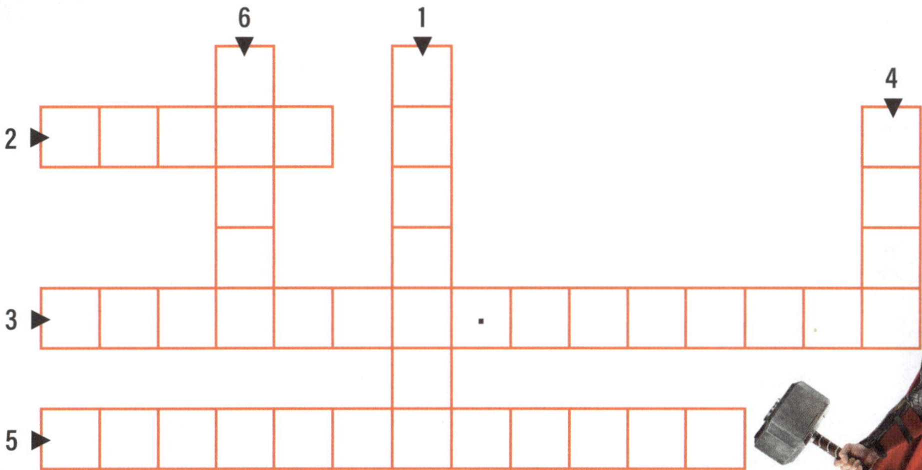

C'EST MYTHIQUE

A. Sur quel objet Thanos récupère-t-il les pierres d'Infinité et claque-t-il des doigts ?

☐ Le gantelet d'Infinité. ☐ La main d'Infinité.

B. Comment Yondu contrôle-t-il sa flèche ?

☐ Par le regard. ☐ Par le sifflement.

Solutions p. 61-62

SERSI

« Quand on tient à une chose, on la protège. »

THÉNA dans *Les Éternels*

L'HISTOIRE DU PERSONNAGE

Sersi est une membre bienveillante des Éternels, des êtres immortels qui protègent l'Humanité des monstres connus sous le nom de Déviants.

Ses super-pouvoirs peuvent changer l'état et la composition de la matière, mais n'affectent pas les êtres sensibles.

Après la défaite des Déviants, Sersi se sépare de son mari Ikaris. De nombreuses années plus tard, elle tombe amoureuse d'un humain nommé Dane Whitman, mais la réapparition des Déviants perturbe son quotidien.

SORTIE

Les Éternels
2021

INFOS

Principaux ennemis : Kro, les Déviants.

Points forts : capacité de transmutation, peut changer la composition de la matière inanimée, force, agilité, endurance et durabilité améliorées, immortalité, communication avec Arishem.

QUIZ

A. Les Éternels viennent de la planète Morag.
- ☐ Vrai
- ☐ Faux

B. Au début, Sersi travaille dans un musée.
- ☐ Vrai
- ☐ Faux

C. Sur Terre, elle vit à New York.
- ☐ Vrai
- ☐ Faux

1. LES AUTRES

Reliez le personnage au fait qui lui correspond.

Sprite •	• dit qu'il devrait lui-même diriger les Avengers.
Théna •	• est un acteur bollywoodien.
Phastos •	• souffre de la maladie appelée Mahd Wy'ry.
Kingo •	• peut manipuler l'esprit des autres.
Druig •	• est un grand inventeur.
Ikaris •	• peut projeter des illusions réalistes.

2. L'ÉTERNELLE ORIGINALE

Cochez la bonne réponse.

Ikaris permet aux Déviants de tuer :

Ajak.

Sersei.

3. ARRÊT SUR IMAGE

Entourez la bonne réponse.

Quel Éternel est attaqué par Kro dans cette scène ?

▶ KINGO ▶ MAKKARI ▶ DRUIG

Solutions p. 62

HAWKEYE | CLINT BARTON

« Parfois on croise le chemin de quelqu'un, une personne qui nous rend meilleur, à tout point de vue ! »

CLINT BARON dans *Hawkeye*

L'HISTOIRE DU PERSONNAGE

L'agent du S.H.I.E.L.D. Clint Barton, nom de code : Hawkeye, est un archer et acrobate d'élite, c'est aussi un grand tacticien et redoutable espion. Membre fondateur des Avengers, Clint tente de se retirer pour vivre avec sa famille, mais il finit toujours par rejoindre les Avengers dans différents conflits.
Pendant le Blip, alors que sa famille fait partie des disparus, il travaille comme justicier et traque les criminels. Il trouvera plus tard une libération émotionnelle lorsqu'il aidera une nouvelle protégée, Kate Bishop.

SORTIE

Hawkeye
2021

INFOS

Principaux ennemis : les Chitauri, Ultron, Hydra, Thanos.

Points forts : archer expert, formation S.H.I.E.L.D., capacités acrobatiques.

Autres apparitions : *Thor, Avengers, Avengers : L'Ère d'Ultron, Captain America : Civil War, Avengers : Endgame.*

QUIZ

A. Clint Barton est recruté au S.H.I.E.L.D. par Phil Coulson.
- ☐ Vrai
- ☐ Faux

B. Hawkeye apparaît pour la première fois dans le film Thor.
- ☐ Vrai
- ☐ Faux

C. Qui réussit à contrôler son esprit contre les Avengers ?
- ☐ Thanos.
- ☐ Loki.

1. SON HAVRE DE PAIX

A. À l'aide des syllabes suivantes, retrouvez le prénom de ses trois enfants et de sa femme. Qui est l'intrus ?

RA NA NIEL LA
LI TA SHA
COO NA
LAU
THA PER

B. Avant les événements d'*Avengers : L'Ère d'Ultron*, qui était la seule personne à connaître l'existence de la famille de Clint ?

....

LE SAVIEZ-VOUS ?

Kate Bishop admire Clint et son agilité avec l'arc. Ils se rencontrent lorsqu'elle vole le costume de Ronin à une vente aux enchères.

2. DANS LA SÉRIE

A. Entourez les bonnes réponses.

Dans quelle ville est-il ?	▶ CHICAGO	▶ NEW YORK
Quelle fête célèbre-t-il avec sa famille ?	▶ HALLOWEEN	▶ NOËL
Qui est une excellente archère comme lui ?	▶ KATE BISHOP	▶ YELENA BELOVA
Comment s'appelle le groupe qu'il poursuit ?	▶ LA MAFIA DES SURVÊTS	▶ LE GANG DES JOGGING

B. Replacez les événements sur la frise.

- L'âge auquel Kate devient ceinture noire dans les arts martiaux. •
- Son âge pendant les événements de la série. •
- Son âge lorsqu'elle commence les arts martiaux. •

• 5 ans • 15 ans • 22 ans

C. À partir des trois indices donnés, reliez le personnage correspondant.

Vengeance, mafia, cheffe •	• Jack Duquesne
Riche, collectionneur, charmeur •	• Maya Lopez
Veuve, orpheline, guerrière •	• Pizza Dog
Mère, présidente, criminalité •	• Yelena Belova
Doux, golden, confident •	• Eleanor Bishop

Solutions p. 63

SHE-HULK | JENNIFER WALTERS

« C'est moi qui décide ! »

SHE-HULK dans *She-Hulk*

L'HISTOIRE DU PERSONNAGE

Jennifer Walters travaille au bureau du procureur. Mais, lors d'un accident de voiture, une partie du sang irradié de Bruce Banner se mélange au sien. Jennifer (Jen) se transforme alors en la puissante She-Hulk. Et ce n'est que le début de ses ennuis !

Elle se retrouve à devoir gérer de grandes batailles au tribunal ainsi que sa famille autoritaire.

SORTIE

She-Hulk : Avocate
2022

INFOS

Principaux ennemis : Titania.

Points forts : force surhumaine, durabilité, vitesse, expertise juridique.

QUIZ

A. Jennifer est avocate dans un cabinet spécialisé sur les surhumains.

☐ Vrai

☐ Faux

B. Bruce Banner est son frère.

☐ Vrai

☐ Faux

C. Sa meilleure amie s'appelle :

☐ Mallory Book.

☐ Nikki Ramos.

1. LES MEILLEURES COLLÈGUES

Cochez la bonne réponse.

Jen et Nikki travaillent au cabinet :

- ☐ GLKK.
- ☐ GLKH.
- ☐ GLHH.

LE SAVIEZ-VOUS ?

Dans la série, Jen « brise le quatrième mur », elle s'adresse directement au téléspectateur.

2. SA RIVALE

Quel est le nom de la rivale de She-Hulk ? ....

3. QUI EST-CE ?

Qui est sur cette image ? Entourez les bonnes réponses.

A. ▶ EMIL BLONSKY ▶ OTTO OCTAVIUS

B. ▶ LE DESTRUCTEUR ▶ L'ABOMINATION

C. Jen accepte de le défendre.

▶ VRAI ▶ FAUX

D. Pour s'excuser d'avoir essayé de tuer Hulk, il lui a envoyé :

▶ UN HAÏKU ▶ UNE ODE

4. LE BON ÉPISODE

Reliez l'image à l'épisode correspondant :

• • •

• • •

Épisode 1 : *Une colère normale et légitime*

Épisode 6 : *Simplement Jen*

Épisode 9 : *Le bon côté de la barre*

Solutions p. 63

LES LIEUX

Yggdrasil est le nom donné à l'immense ensemble cosmique des Neuf Royaumes. Il devient le foyer des dieux, des mortels, des géants, des nains et d'autres êtres puissants et uniques qui définissent les Neuf Royaumes.

NOTRE PLANÈTE

Entourez les différents noms donnés à la Terre dans l'univers du MCU.

GRUNDAR MIDGARD CONTRAXIA C-53 TERRA C-35

UN ROYAUME EXTRADIMENSIONNEL

A. Donnez le nom de ce royaume.

....

C. Comment s'appelle le gardien de ce « pont » ?

- ☐ Fandral.
- ☐ Heimdall.

B. Quel est le nom du « pont » arc-en-ciel qui relie la Terre et Asgard ?

- ☐ Le Bifrost.
- ☐ La porte cosmique.

D. Qui détruit ce royaume ?

- ☐ Hela.
- ☐ Sutur.

SUR 838

Barrez les mauvaises réponses.

LES ÉQUIPES DU S.H.I.E.L.D. ou **LES ILLUMINATI** supervisent l'Univers-838.
PEGGY CARTER ou **SAM WILSON** est le premier Avenger de l'Univers-838.
THANOS ou **BLACK BOLT** tue le Docteur Strange de l'Univers-838.

WAKANDA

Complétez la grille.

1. Nom du métal rare que l'on trouve au Wakanda.
2. Capitale du Wakanda (en deux mots).
3. Tribu du Wakanda qui vit en exil dans les montagnes.
4. Nom du groupe qui protège le roi (en deux mots).

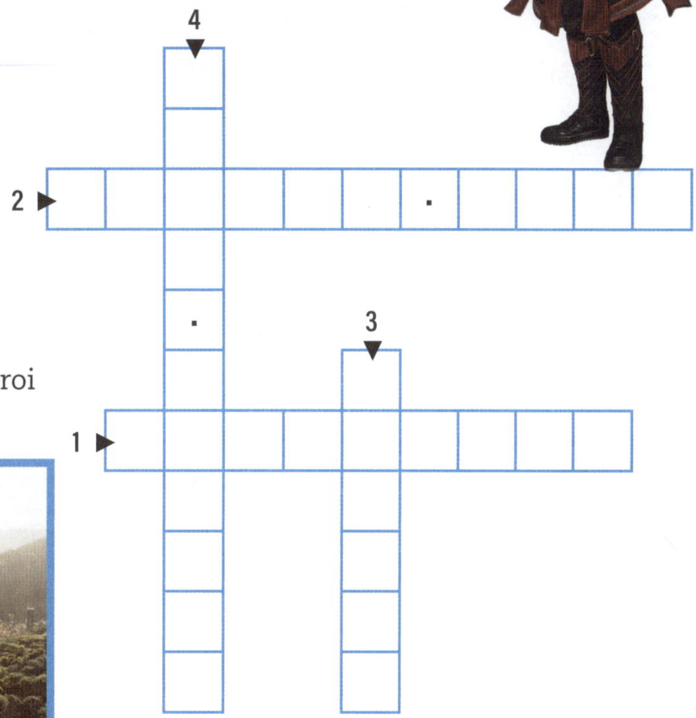

TOUT UN MONDE

Reliez l'image au lieu et au(x) personnage(s) qui lui correspondent.

Les Dieux • Dormammu • Les Kree

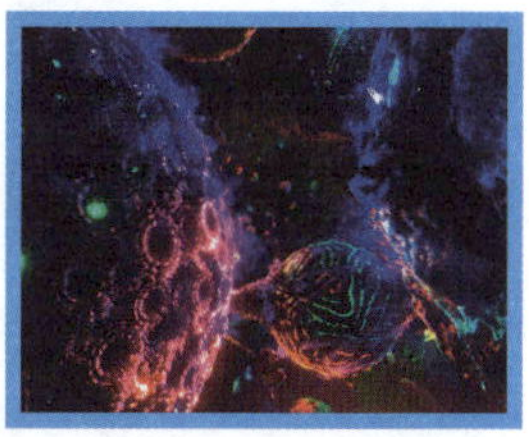

La Dimension Noire • Hala • Omnipotence City

Solutions p. 64

SOLUTIONS

IRON MAN | TONY STARK . . . . (p. 4-5)

QUIZ

A. Faux. ***La première armure était grise.***

B. Faux. ***Ils se nomment Howard et Maria Stark.***

1. Films 1 à 3

A. « Je suis Iron Man. »

B. Son fils, Tony.

C. À Miami.

2. Avec les vengeurs

A. Hulk.

B. Leur mariage.

C. « Je suis Iron Man. »

3. Un nouveau nom

Iron Patriot.

HULK | BRUCE BANNER . . . . (p. 6-7)

QUIZ

A. Vrai.

B. Pizzeria de Stanley.

1. Qui est-ce ?

Emil Blonsky.

L'Abomination.

2. Rester zen…

Bruce contrôle son rythme cardiaque et gère ses émotions grâce à la ***méditation***.

3. À propos de Betty

A. Le général qui poursuit Bruce, Thaddeus « Thunderbolt » Ross.

B. Biologiste.

C. En sautant de l'hélicoptère pour affronter L'Abomination, Bruce ***embrasse Betty***.

4. Qui a dit ?

Emil Blonsky.

5. Pour les experts

A. Un dictionnaire anglais-portugais.

B. Une bouteille de soda.

THOR ODINSON .... (p. 8-9)

QUIZ

A. Odin.

B. Docteur Jane Foster.

1. La belle équipe

FANDRAL ; **VOLSTAGG** ; **HOGUN**.

L'intrus est **HEIMDALL**.

2. Le troisième film

Odin.

3. Devinettes

A. Hela.

B. Valkyrie.

4. La bataille d'Indigarr

Deux chèvres géantes.

LOKI .... (p. 10-11)

QUIZ

A. La malice.

B. Vrai.

C. Vrai.

D. Le Tesseract.

1. Dans sa série

A. Miss Minutes.

B. Un variant de Loki.

C. Deux dagues.

2. Tous ses variants

A. Vrai

B. Le Loki classique.

3. Un beau château

Celui qui Demeure.

4. Voyage vers l'infini

SYLVIE ; **MISS MINUTES** et **LA JUGE RENSLAYER**.

S.H.I.E.L.D. (p.12-13)

Lettre par lettre

S.H.I.E.L.D. : Stratégique Habileté Intervention, Exécution et Logistique Défensive.

Nick Fury

A. Vrai.

B. L'*Initiative Avengers*.

C. Sur l'héliporteur du S.H.I.E.L.D.

D. À Thor.

Le S.H.I.E.L.D. en mots croisés

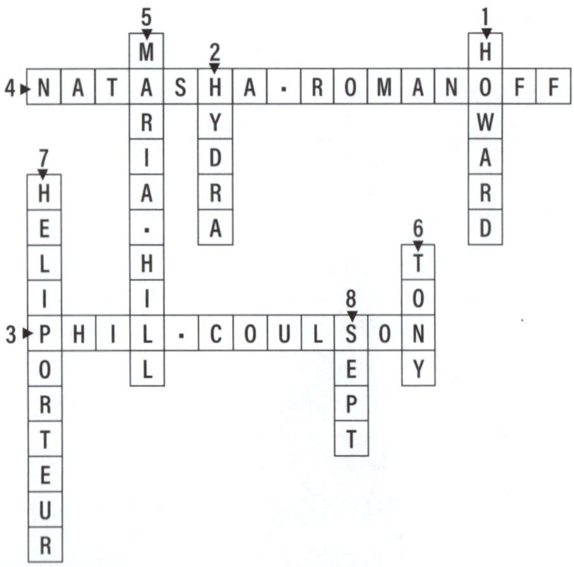

3. Quelle combattante ?

Maria Hill.

4. Quel agent ?

Phil Coulson.

CAPTAIN AMERICA | STEVE ROGERS . . .(p.14-15)

QUIZ

A. Brooklyn.

B. Vrai.

1. Avant la transformation

A. UN COUVERCLE DE POUBELLE.

B. 5.

2. Pour la vie

A. Bucky (James Buchanan Barnes).

B. Vrai.

3. Kiss cam

Sam Wilson et Bucky.

4. Qui a dit ?

Natasha Romanoff.

4. Pas très civil

VRAI.

FAUX. *C'est Captain America qui gagne.*

STAR-LORD | PETER QUILL (p. 16-17)

QUIZ

A. Une mixtape.

B. Vrai.

C. Faux. *C'est Yondu.*

1. Son univers, sa galaxie

Son vaisseau	Carina
L'esclave du Collectionneur	Ayesha
La capitale de l'Empire Nova	Milan
La Grande Prêtresse des souverains	Xandar

2. Musique !

Ego, furieux le brise.

3. Au quotidien

A. MORAG.

B. « VOLEZ TOUT LE MONDE. »

C. À UNE BATAILLE DE DANSE.

4. Personnage mystère

Il s'agit du chien nommé Cosmo.

5. Des mauvais pères

A. Vrai.

B. Faux. *C'est Ego.*

GAMORA (p. 18-19)

QUIZ

A. Vrai.

B. Faux. *Elles devaient aider Ronan l'Accusateur.*

C. Vrai.

1. L'Orbe

A. CARINA.

B. LES COHORTES DE NOVA.

2. Des promesses

De la tuer si jamais elle est capturée par Thanos.

3. Les moqueurs

Drax.

4. Le Blip pour les Gardiens

Faux. *Nebula survit avec Rocket.*

ROCKET ET GROOT . . . . (p. 21-22)

QUIZ

A. Vrai.

B. Faux. ***Il s'est évadé 22 fois.***

C. Kyln.

1. Rocket sensible

A. « Nous s'appelle Groot. »

B. Une brindille.

2. Rocket taquin

Taserface.

3. Sous toutes ses formes

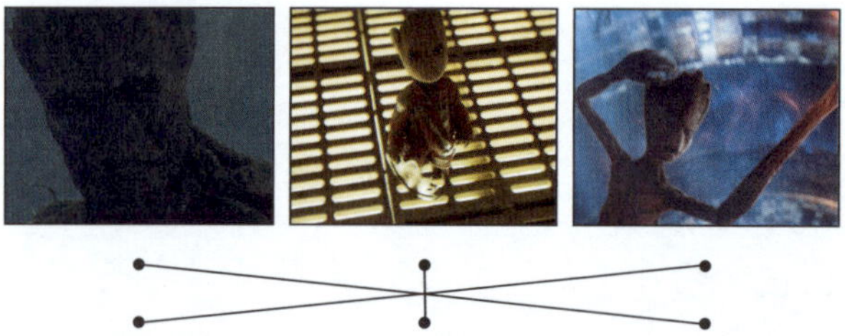

Avengers : Infinity War — *Les Gardiens de la Galaxie, Vol.2* — *Les Gardiens de la Galaxie*

4. Dans son monde

Il danse.

LES AVENGERS (p. 22-23)

Avengers

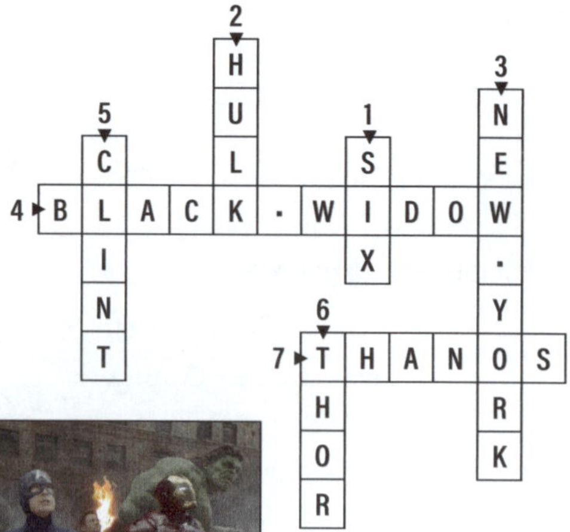

Avengers : L'Ère d'Ultron

A. Le sceptre de Loki.

B. L'espoir.

C. Elle lui arrache le « cœur ».

Avengers : Infinity War

A.

La pierre du Pouvoir — Thanos
La pierre de l'Esprit — Vision
La pierre du Temps — Docteur Strange
La pierre de Réalité — Le Collectionneur
La pierre de l'Espace — Loki

B. Lapin.

C. Captain Marvel.

Avengers : Endgame

A. ***Captain Marvel*** sauve Tony Stark et Nebula.

B. ***Hawkeye*** regarde sa famille disparaître en un instant au début du film.

C. ***L'Ancien*** donne à Bruce Banner/Hulk la pierre du Temps.

D. ***Thor*** tue Thanos du premier coup.

E. ***Loki*** s'échappe de la bataille de New York avec le Tesseract.

ANT-MAN | SCOTT LANG . . . . (p. 24-25)

QUIZ

A. Vrai.

B. Faux. ***Il est policier***.

C. Faux. ***Il la retrouve dans* Avengers : Endgame *avant le casse temporel.***

1. Belle récompense !

La meilleure grand-mère du monde.

2. Les surnoms

A. Ulysses S. Gr-Ant.

B. **VRAI**.

C. **DARREN CROSS**.

3. Le Royaume Quantique

Veb est ***chaleureux et curieux.***

Il produit un fluide ***qui permet à celui qui le boit de comprendre toutes les langues.***

4. Focus sur la Guêpe

A. Après le décès de sa mère, Janet.

B. Vrai.

DOCTEUR STRANGE | DR STEPHEN STRANGE (p. 26-27)

QUIZ

A. Vrai.

B. Faux. ***C'est un code wifi.***

C. Vrai.

1. De bons conseils

A. « Il ne s'agit pas uniquement de vous ».

B. Mordo.

2. Une visite

Thor.

3. Sanctum Sanctorum

Quel sanctuaire est :

- le premier à être détruit ? → celui de Londres
- celui où Strange reçoit sa cape de lévitation ? → celui de New York
- situé au 177 A Bleecker Street ? → celui de New York

(• celui de Hong Kong)

4. C'est une folie

Dans *The Multiverse of Madness* :
Un démon interrompt le mariage de Christine Palmer. ***Vrai.***

Strange tue Gargantos en le piégeant dans un portail. ***Faux. Il l'empale sur un lampadaire.***

Wong dit à Strange de prendre le pouvoir d'America pour arrêter la Sorcière Rouge. ***Vrai.***

BLACK PANTHER | T'CHALLA . . . . . . (p. 28-29)

QUIZ

A. Sa sœur et sa mère.

B. Faux. ***C'est Erik Killmonger, alias N'Jadaka***.

C. Bucky.

1. Girl power

Un groupe d'élite de guerrières wakandaises qui servent le trône.

2. Une boisson colorée

VIOLET.

3. Qui est-il ?

Vrai.

4. Dans Wakanda forever

Vrai.

5. Qui ?

Qui conçoit le costume, les armes et l'équipement de T'Challa ?	Qui T'Challa essaie-t-il de reconquérir ?	Qui est le bras droit du général Okoye et cheffe de la sécurité Dora Milaje ?

Ayo

Nakia

Shuri

CAPTAIN MARVEL | CAROL DANVERS . . . (p. 30-31)

QUIZ

A. Faux. ***C'est l'unité militaire d'élite Kree Starforce***.

B. Vrai.

C. Talos.

1. Premiers pas

Un magasin de vidéo.

2. Il y a longtemps

6.

3. Affectueusement

Lieutenant Trouble.

4. Son entourage

Wendy Lawson
Mar-Vell

Minn-Erva

Yon-Rogg

5. Rencontre féline

Elle possède de puissants tentacules pour avaler des Kree.

Elle fait partie des extraterrestres nommés Flerkens.

Elle peut stocker des objets dans son corps.

LES MÉCHANTS (p.32-33)

Le plus grand des méchants

A. Titan.

B. 50 % de la population de l'Univers.

C. Claque des doigts.

D. « Je suis inéluctable. »

E. à un casse temporel.

F. Thor.

Mauvaise fréquentation

A. Faux. ***C'est un Kree.***

B. Faux. ***Il veut détruire Xandar.***

Une histoire de couleur

La pierre de l'Âme • — • La pierre du Temps

La pierre du Pouvoir • — • La pierre de Réalité

La pierre de l'Esprit • — • La pierre de l'Espace

...et les autres en mots croisés

A. 5

D. 3

B. 1

E. 2

C. 6

F. 4

	B										
	D										
	E										
	S							E			
	T							T			
	R		D					A			A
	U		M					L			H
C ►	C	R	A	N	E	-	R	O	U	G	E
	T		W					S			L
	E										A
F ►	U	L	T	R	O	N					
	R										

LA SORCIÈRE ROUGE | WANDA MAXIMOFF. . (p. 34-35)

QUIZ

A. Faux. ***Elle est de Sokovie.***

B. Ultron.

C. Vrai.

1. De toutes ses forces

Le Hex.

2. Un best-seller

Le Darkhold.

3. Sa raison de vivre

BILLY et TOMMY.

4. Vision dans la série

A. Vrai.

B. Faux. ***C'est Norm.***

C. Vrai.

5. Qui est-ce ?

Monica Rambeau.

6. Un voisinage difficile

A. Dottie.

B. Agatha Harkness.

C. La Sorcière Rouge.

FALCON | SAM WILSON . . . . (p. 36-37)
LE SOLDAT DE L'HIVER | JAMES « BUCKY » BARNES

QUIZ

A. Redwing.

B. Faux. ***Ce n'est pas Black Widow c'est War Machine.***

1. Épisode 6

Le nouveau costume de Captain America.

2. T'as le réf

« Sur ta gauche. »

QUIZ

A. Faux. ***Il disparaît en chutant d'un train.***

B. Faux. ***Ce n'est pas l'aide de Loki mais celle de Baron Zemo.***

1. Scène post-crédit

Captain America : Le Soldat de l'Hiver

2. Épisodes 4 et 5

A. John Walker.

B. Leur bateau familial.

BLACK WIDOW | NATASHA ROMANOFF. . (p. 38-39)

QUIZ

A. Faux. ***Elle avait les cheveux bleus.***

B. Vrai.

1. Pseudonyme

Natalie Rushman.

2. Astuce

Une figurine Red Guardian.

3. Des liens forts

Vrai.

4. Ça fait mal

Elle se casse le nez.

5. Dans quel film ?

Black Widow lève la main quand Rocket demande : « Qui ici n'est jamais allé dans l'espace ? » → *Avengers : Endgame*

Natasha dit à Steve Rogers : « Je cherche le musée de la préhistoire. J'ai besoin de récupérer un fossile » en parlant de lui. → *Captain American : Le Soldat de l'Hiver*

Natasha revit ses traumatismes de la Chambre rouge. → *Avengers : L'Ère d'Ultron*

SHANG-CHI . . . . (p. 40-41)

QUIZ

A. Wenwu.
B. Faux. ***Il est voiturier.***
C. Vrai.
D. Vrai.

1. Un nombre

Il avait 14 ans.

2. Par amour

Certains Mangeurs d'Âmes s'échappent.

3. Les liens du sang

SA SŒUR.

4. Caméo

Bruce Banner et *Captain Marvel*.

5. Tout sur Katy

A. Vrai.
B. Faux. *Elle parie sur Xialing.*
C. Faux. *Elle apprend avec un arc et des flèches.*

6. Animal protecteur

UN DRAGON.

LES ARMES (p. 42-43)

Le bouclier de Captain America

A. Howard Stark.
B. Vibranium.
C. Vrai.

Chacun la sienne

Les flèches piégées

Les boucliers runiques

Les gantelets en vibranium

La lance en écailles de dragon

Les bâtons électrifiés

Incognito

Star Lord / Peter Quill.

L'armure d'Iron Man

3 :
Cette armure apparaît dans *Avengers*, 2012.

1 :
Cette armure apparaît dans *Iron Man 1*, 2008.

2 :
Cette armure apparaît dans *Iron Man 2*, 2010.

Tony Stark utilise la nanotechnologie.

Le marteau et la hache de Thor

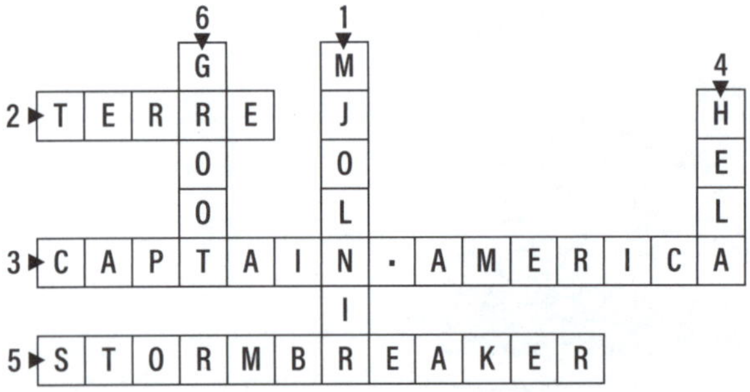

C'est mythique

A. Le gantelet d'Infinité.

B. Par le sifflement.

SERSI . . . . (p. 44-45)

QUIZ

A. Faux. ***Ils viennent d'Olympia***.

B. Vrai.

C. Faux. ***Elle vit à Londres***.

1. Les autres

Sprite
Théna
Phastos
Kingo
Druig
Ikaris

- dit qu'il devrait lui-même diriger les Avengers.
- est un acteur bollywoodien.
- souffre de la maladie appelée Mahd Wy'ry.
- peut manipuler l'esprit des autres.
- est un grand inventeur.
- peut projeter des illusions réalistes.

2. L'Éternelle originale

Ajak.

3. Arrêt sur image

MAKKARI.

HAWKEYE | CLINT BARTON. . . . . (p. 46-47)

QUIZ

A. Faux. *Il est recruté par Nick Fury*.

B. Vrai.

C. Loki.

1. Son havre de paix

A. **COOPER**, **LILA**, **NATHANIEL** et **LAURA**, sa femme.

L'intrus : **NATASHA**.

B. Natasha Romanoff, Black Widow.

2. Dans la série

A. **NEW YORK**.

NOËL.

KATE BISHOP.

LA MAFIA DES SURVÊTS.

B.

L'âge auquel Kate devient ceinture noire dans les arts martiaux.	Son âge pendant les événements de la série.	Son âge lorsqu'elle commence les arts martiaux.

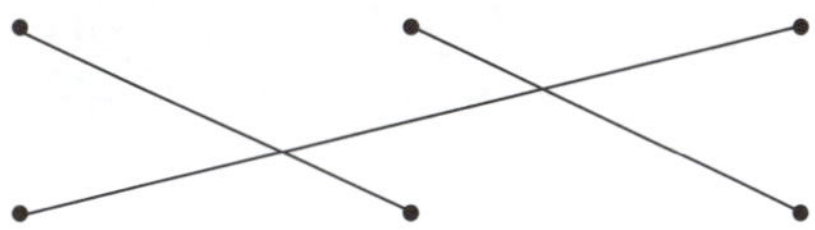

5 ans	15 ans	22 ans

C.

Vengeance, mafia, cheffe	Jack Duquesne
Riche, collectionneur, charmeur	Maya Lopez
Veuve, orpheline, guerrière	Pizza Dog
Mère, présidente, criminalité	Yelena Belova
Doux, golden, confident	Eleanor Bishop

SHE-HULK | JENNIFER WALTERS . . . . . (p. 48-49)

QUIZ

A. Vrai.

B. Faux. ***Bruce est son cousin.***

C. Nikki Ramos.

1. Les meilleures collègues

Jen et Nikki travaillent au cabinet *GLKH*.

2. Sa rivale

Titania.

3. Qui est-ce ?

A. Emil Blonsky.

B. L'Abomination.

C. Vrai.

D. Un haïku.

4. Le bon épisode

Épisode 1 : *Une colère normale et légitime*	Épisode 6 : *Simplement Jen*	Épisode 9 : *Le bon côté de la barre*

LES LIEUX (p. 50-51)

Notre planète

MIDGARD ; C-53 ; TERRA.

Un royaume extradimensionnel

A. Asgard.

B. Le Bifrost.

C. Heimdall.

D. Sutur.

Sur 838

LES ILLUMINATI supervisent l'Univers-838.

PEGGY CARTER est le premier Avenger de l'Univers-838.

BLACK BOLT tue le Docteur Strange de l'Univers-838.

Wakanda

1 ▶ VIBRANIUM

2 ▶ BIRNIN·ZANA

3 ▼ JABARI

4 ▼ DORA·MILAJE

Tout un monde

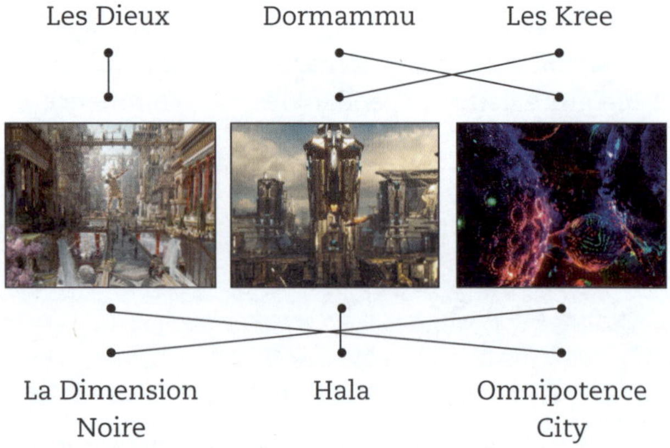